VTuberなんだが配信切り忘れたら伝説になってた4

七斗 七

ファンタジア文庫

3205

口絵・本文イラスト　塩かずのこ

いままでのあらすじ

9,999,999回視聴・2022/01/20　　9999　　155

シュワちゃん切り抜きch
チャンネル登録者数 7.5万人　　登録済み

遂に憧れの先輩である朝霧晴とライブにてコラボすることが決まった心音淡雪。

だが本当に大変なのはここからであった。天才と名高い朝霧晴と並ぶため、

淡雪は過酷な試練を挑むことになる。ここに彼女が歩んだ軌跡を記そう。

1・コンビニに来店し、スト○○とストッキングを買うことで10万円を手にすることに成功する。

2・外部の企業からゲームの案件を依頼され、
これに酔っ払って挑んだあげくクソゲー呼ばわりする機転を利かせ大成功に導く。

3・晴に帰りの車を運転させる。

4・動物園の園長を恐怖のどん底に引きずり込み、組長に覚醒させる。

5・二股をかける。

6・個性がないと悩む同期をボイスSEXイリュージョニストに変えることで解決に導く。

7・焼肉を食べる。

以上7つの試練を突破した淡雪にもう恐れは無い。

胸を張って晴のライブに出演した淡雪は、遂には憧れの先輩を新人に叩き落したのだった。

あと赤いやつの収益化が消えた。

プロローグ

「鈴木《すずき》さん、聖様《せい》の収益化が剝奪された話って知っていますか？」

「勿論《もちろん》存じていますよ。ここ最近は事務所内でもその話題で持ち切りでした」

配信外での通話による鈴木さんとの打ち合わせ。私はさっそく聖様の件について質問していた。

「どうですか？　すぐに戻ってきそうですかね？」

「うーん……情けない話ですが、現状なんとも言えないですね。ライブオンは流石《さすが》にヨーチューブと深く繋《つな》がっているわけではないですから。ですが、いち早く復旧できるよう、聖さんと協力しながら対応策を考えていますよ」

ううむ、対応策を考えているということは、やはりライブオンにとっても初めての事例だから戸惑っている部分があるんだろうな。

「聖さんは特に過激な配信スタイルですから、なんらかのヨーチューブの規約に触れてしまったのでしょう。もし聖さんからなにか相談などを受けたら、その時は支えてあげてください」

「当然です」

「ふふっ、かっこいいお返事です。聖さんはいい仲間に恵まれていますね。シオンさんとかは特にいち早く解決するんだって息巻いていました」

「てぇてぇですなぁ」

「ただ……どうも当人である聖さんとの間でギャップが生まれているみたいなんですよね」

「ギャップ？　どういうことですか？」

私の問いに、鈴木さんは若干困ったような声色で答えてくれた。

「聖さんが行動派のシオンさんに対して、あまり乗り気ではないみたいなんです」

「そうなんですか？　あーでも、確かに私が収益化が無くなったって聞いて心配で通話したときも、少し煮えきらない様子でしたね」

「勿論収益化が戻るのならそれに越したことはないとも言っていたそうですが……聖さんはあまり自分から頼るタイプの人ではないですからね。さっきも聖さんから全ライバーの方に伝言がありまして、『私のことは特に気にせず普段通り配信して』とのことです」

「あー……まぁそんなこと言われても正直気になりますけど、こういう場合本人が言うのなら過度に干渉するべきじゃないんですかね？」

「そうですね……しばらくは様子を見るのが良《い》いかと。聖さんと付き合いが長い担当マネージャーさんはなにかに迷っているように見えたとも言っていましたので、急に動くと逆に聖さんを困らせてしまうかもしれません」

迷っている……。一見聖様らしくないと思ってしまうが、確かにあの様子だとそう思うのも分かる気がするか。

「ただ、先ほども言った通りこの件を同期の危機と捉えているシオンさんがどう動くかが分からなくて……」

心配そうに語る鈴木さん。あの二人は特に仲良しな印象があったから、もしかするとこの件ですれ違いなどが起こってしまわないか心配になるのだろう。

「私なんかよりよっぽどお二方に詳しくて立ち回りもうまいネコマさんが二期生にはいるので、大事にはならないと思うのですが……淡雪《あわゆき》さんもお二方と仲がよろしいですよね。重ねてになって申し訳ないのですが、そのことも気にかけていただけると……」

「わっ、分かりました！」

「ありがとうございます。それでは、私たちの仕事の話に参りましょうか」

なんとも気になる話題だが、私自身の活動は通常運行で進んでいく。なんとか気持ちを切り替えて今後の打ち合わせへと入るのであった。

第一章

ワルクラ配信2

「うーん……」

鈴木《すずき》さんとの打ち合わせが終わった後、私はまたしても聖様《せい》のことを気にして物事が手に付かない有り様になっていた。

自分でもここまで聖様が心配になるとは思っていなかったのだが、いくら下ネタbotでもやはり日ごろから世話になっている先輩だ。

そうそう、最近だと私が立案したワルクラ企画の時にお世話になったんだよなぁ。

瞼《まぶた》を閉じると当時の情景が蘇《よみがえ》る。あの時は収益化剝奪なんて想像もしてなくて……。

「皆様こんばんは、今宵《こよい》もいい淡雪《あわゆき》が降っているからスト○○がキンッキンに冷えてやがる！　プシュ！　ごくっごくっごくっ、ぷはぁああ！　犯罪的なうまさだ！　涙が出る……まじでこれ一本の為《ため》なら全人類の目の前で露出狂になることもやぶさかではない！」

：第一声からフェイント入れてくるのやめろ

：正体現したね

：声のテンションが一瞬で切り替わって草

：犯罪的なのは君の面白さなんやで

：目からレモン汁絞るのやめちくり

：もう全人類の目の前で心の露出狂になってますよ

「はいはい！　てなわけで今日はワルクラ配信やっていきますどどどー！」

ワルクラ、正式名『ワールドクラフト』は有名なサンドボックスゲームだ。結構前に初配信して以降ハマってしまい、未《いま》だに結構な頻度でプレイの様子を配信している。

採掘から伐採、冒険まで経験した現状は、ゲームの基本となる素材などはある程度潤っている状態であり、始めた当初に比べてかなり自由な行動ができるようになった。

というわけで！　ちょっと今回は普通のプレイとは違うことをやってこのゲームを楽しんでいきたいと思うど！

「今回やっていくことなんだけど、なんとこのシュワちゃん、この度自分でコラボ企画を立ててみました！」

：おお!?

：まじか、珍しくない？　￥2525

：シュワちゃん企画に参加することは多くても自分から立てるのはあんま見なかったな

「ふんふん！　私もライブオンを牽引《けんいん》していく者としての自覚が芽生えつつあるからね！　リーダーシップを発揮していきたいわけですよ！」

企画立案にこのゲームを選んだのも、0から考えるよりも既にワルクラというゲームの枠組みがある中で考えた方が企画初心者の私でも面白いものができるかなと考えたからだったりする。

：まじで最近シュワちゃんが面白いだけの存在じゃなくなっててやばい

：未だに凄《すさ》まじいペースでリスナー増やしてるからな、昔少し言われてた一発屋のイメージはもうないな

：企画か、ワルクラでなにするんだろ？

：突撃！　隣のスト○○ごはんとかじゃね？

：突撃！　隣○晩ごはん（意味深）もワンちゃん

……ただの夜這《よば》いじゃねーか

「もう！　皆好き放題言ってくれてさー！　流石に企画者側として失敗は許されないからまともなの考えてきたからな！　その名も――【ライブオン建築バトル！　一級建築士シユワちゃんを倒せ！】だどー！！」

企画内容を説明しよう！

様々なブロックを用いた自由な建築が可能なこのゲーム、だが人によって出来上がる建築物に大きなクオリティーの差が生まれてしまうことが多々ある、それはなぜか？

そう！　自由な建築ができるが故に自分の持つ建築センスが如実《にょじつ》に反映されてしまうからだ！

建築においてはこのゲームをひたすらやりこんだ上級者でも、建築センス抜群の初心者には勝てないことがほとんどなのだよ！

そんなわけで今回の企画は私ＶＳ企画参加ライバーが一対一で作った建物のクオリティーを競い合うというもの！

だけどただ同じことを繰り返すだけだとバラエティに欠けるので、対戦ごとに縛りやテーマを設けてやってみようと思うよ。

さぁ、この生まれながらの一級建築士に勝てるライバーは現れるのか？

さて、以上のことをリスナーに説明したのだが……。

：生まれながらの一級（フラグ）建築士
：すまん、シュワちゃんの今までのワルクラ配信全部見てきたけど建築シーンなんてあったか？
：失礼な、洞穴掘ったり木の掘っ立て小屋作ったり石の障害物建てたりはしてたぞ
：シュワちゃん渾身《こんしん》の石造りの家を障害物って呼ぶのやめてあげて
：ところどころポンコツなのホント草
：最初に設計図を考えないからああなるんや……
：ライブオンは建築上手《うま》い人多いからオチが見えるぞ
：ハレルン来たら多分シュワちゃん1000人居ても勝てない
：ハレルンって建築上手いの？
：センスもスピードも規模も化け物、でもよく建築中に不幸の死を遂げて全ロストする
：自分用のロゴマーク作りたいって言ってマップ一枚分整地から地上絵描いたのはビビった
：シュワちゃんが1000人居てもできるのは1000個の障害物だけだぞ
：バリケードかな？

「おーおー好き放題言ってくれてますなぁこの野郎ども！　今日こそは本気のシュワちゃんを見せてやるから覚悟しとけよ！　土下座の準備をしておきな！　更に言わせてもらえば今回は縛りとかテーマとかも用意しているからね。皆にギャフンと言わせてやるよ！」

：若さ？　若さってなんだ？　振り向かないことさ‼

：それはギャフンじゃなくてギャバン

：なっつ

：イー！　イー！

：変態紳士シュワちゃんが下ネタを思いつくタイムは、僅か0・05秒に過ぎない

「あ、あとどうしても長い建築シーンは単調になりがちだから同時にカステラとかも返していくね。というかテーマの規模によっては日をまたいで明日発表とかザラだからそのつもりでよろしく！」

というわけで企画の方頑張っていきましょう！

リスナーさんもライバーもどっちも楽しめる企画を目指していこうね！

「それでは準備ができたみたいなので一人目の刺客に登場してもらうど！　私を倒せるセンスあるもの……出てこいや！」

「やっほー！　祭りの光は人間ホイホイ、祭屋光《まつりやひかり》でーっす！」

「よかったのかい、ホイホイ参加して。私は同期だってかまわず食っちまう人間なんだぜ？」

「むむ！　光だって今回勝ちに来てるんだからな！　シュワちゃんも覚悟するといいぞ！」

「光ちゃん！　今のもっとファンタジーの女騎士っぽく言って！」

「へ？　えっと、貴様には絶対負けん！」

「あはぁぁ勝っちゃうぅぅぅ‼　そんなこと言われたらくっころさせたくて本気出しちゃうぅぅぅ‼　負けない女騎士なんて騎士の風上にも置けないのぉぉぉ‼」

「しゅ、シュワちゃん？　どうしたの急に変なこと言い出して？」

「くっころ！　光ちゃんのくっころ展開見たい！　は⁉　でも光ちゃんには幸せにもなってほしい！　くっ、なんて美味《おい》しいコロッケなんだ⁉みたいな展開でほのぼのしてるのもいいかもしれない！　くっころはコロッケだった⁉」

「シュワちゃん？　シュワちゃーん！」

「光ちゃん！　ボロボロにされるのとコロッケ食べるのどっちがいい⁉」

「どんな二択⁉」

：？

：これは相当酔いが回ってますね、間違いない
：光ちゃん大困惑で草
：お薬増やしておきますねー
：俺は光ちゃんならコロッケ派かな
「と、とりあえず自己紹介はこのくらいにして、これから光ちゃんと建築バトルを行うわけなんだけど、先に建築テーマを発表していくどー」
「昨日二人で考えたんだよ！　題して【30分建築！】」
「ルールはもう題名通りだね、制限時間30分の短時間でどれだけ建築の完成度を高められるかを競うわけだ。ふふふっ、速さも大事になってくる以上私にも十分勝機はあるんじゃないかな」
「30分、つまり約1ダーク〇ウルも時間があるわけだからね！　光だって余裕だよ！」
「光ちゃん、新たな単位を作るのはやめなされ。そんな時間であのゲームをクリアできるのは一部のドMだけや」
喋《しゃべ》りながらスタートのセッティングを進めていく。
建築物が見えないようにお互いしっかり距離をとり、開けた平坦《へいたん》な地形からスタートだ。
資源の縛りとかは無し、夜になると敵が湧いてしまうのですぐに寝る、発表時点での作り

かけは失格、以上が基本ルールとなる。

「よし、淡雪準備オッケーだどー」

「はいはーい！　光もオッケーだよー！」

「それじゃあタイマー動かしますか、せーのっ」

「「建築開始‼」」

タイマーを押すと同時に、迷う時間も勿体《もったい》ないので大まかに頭に浮かんだ完成形のヴィジョンを基にして、ブロックを積んでいく。

テーマがテーマだからカステラ返答は次の対戦からにしておこう。

基本通話はつないだままなのだが、光ちゃんの方も悩ましい声をあげながら試行錯誤しているみたいなので話しかけて邪魔しすぎないようにするかな。

えっと、大まかな骨組みはこれでいいかなー。

ってうわ、もう残り半分しか時間ないのか、ちょっとペース速くしないとだめだな、クオリティ以前に完成しなくては元も子もない。

光ちゃんも段々集中してきたのか、次第に悩む声もなくなり最後らへんは「そうか……」とか「なるほど……」などのつぶやきは聞こえてきてもほぼ無言で作業していた。

そしてタイマーが30分過ぎたことを告げる、時間終了だ。

うん、私はとりあえず完成したぞ！

「光ちゃーん！　それじゃあ私から完成品発表するからこっち来てくれるー？」

「あ、はーい！」

さぁ、光ちゃんと合流し、いよいよ完成品をリスナーに批評してもらう時間だ。

「それでは発表します……デデン！」

建物の全体像が映るよう少し離れた位置から視線を向ける。

見るがいい！　この私が建てし芸術品を！

皆の反応の程は――

：この角部分を完璧な直角で曲げるシャープな外観！

：デザイン性を犠牲にし、与えられた面積をすべて使える機能的さ！

：これがあらわすものは！

：豆腐だな
：豆腐だね
：まぁ待て、なんかてっぺんに変なおまけついてるから冷奴《ひややっこ》だぞだめだこりゃ。

「ぐぬぬ……時間、もっと時間さえあれば……」

「光はいいと思うよ！　いっぱい物とか入りそうだから一軒欲しいくらい！」

「いいんだよ光ちゃん、素直に倉庫みたいと言ってくれて……」

くぅ、コメントの悲惨さを見るにこれは負け確定かな。

そう思いしょんぼりしながら光ちゃんの完成品へと場所を移動したのだが。

「あれ？」

なぜかそこに建物らしきものはなかった。

少々ブロックを置いた痕跡くらいは残っているが、一体これは？

「えっと、光ちゃん？　完成品はいずこへ？　あっ、もしかして何も思いつかなかったかな？」

「シュワちゃん、光ね、気づいちゃったの」

「ん？　なにを？」

「本当のサバイバルってこんな生ぬるいものじゃないんだよ」

「うん、私たちはいま建築バトルをしているはずなんだけどな？」

「本当のサバイバルはもっと過酷で、僅かな木を持ち運ぶだけでも大変な労力が必要なはずなんだ、簡単なシェルターを作るだけで数日はかかる。30分で家を建てるなんて不可能なんだよ」

「話聞いてねぇなこれ」

「私は自分にできる限界を試したい、だから……今から実際に山に全裸で籠ってくる！」

「気でも○ったんじゃないか!?」

：草　￥1200

：また光ちゃんのクレイジーが始まったな……

：お、もしかしてディスカバのエドニキかな?

：ちょっと俺もサバイバルの準備してきます

：全裸を見に行きたいだけだろ

：野生児と化した光ちゃんに貴重なたんぱく質として食われそう

結果発表！　相手の完成品無しでまさかの淡雪の勝ち！

まじでサバイバルに行こうとする光ちゃんを全力で止めながら、なんかシオン先輩の苦労が少し分かった気がするなんて思ったのだった。

「ねぇちゃみちゃん、今日は来てくれてありがとうね」

「え、えぇ、こちらこそ面白そうな企画を立ててくれてありがたいわ」

「ほんと？　ははっ、ちゃみちゃんに褒められると嬉《うれ》しくなっちゃうな」

「あの、どうしてさっきからそんな吐息たっぷりのイケボ風で喋っているのかしら？　気になって建築に集中できないのだけれど……」

「いやぁ声フェチのちゃみちゃんを私なりに歓迎しようと思ってね？」

「淡雪ちゃん、そんなことされたら配信中にすっごい気持ち悪い声で悶《もだ》え始めるけどいいかしら？」

「いいよ」

「いいの？」

「うん」

「あああぁぁぁ‼　淡雪様ぁ！　もっと！　もっとぉ！　ヒヒイィン！　もっと喉の震えが分かるくらい耳の近くでささやいてぇ‼」

「きっも」

「淡雪ちゃん。イケボやるなら最後までイケボで通して。私怒るわよ？」

「え、なんで私怒られそうになってるの？」

「もう、これ以上やられると本当に意識が飛びかねないから、そろそろ企画の方行きましよ？」

「おっと失敬、土地を開発するはずが耳を開発するところだったぜ」

：なんか途中馬いなかった？

：飛びそうなちゃみちゃまマジできもくてすこ

：何気にマジのイケボで草

〈相馬有素《そうまありす》〉：飛びました。

：おい

はい、というわけで二人目の刺客はちゃみちゃんです！

そして建築のテーマは豪邸。時間制限は私の明日の配信時間までだからほぼ気にしなくてオッケー。気が済むまで建築して満足したらその時点で終了、明日の配信で発表の流れだ。

なので光ちゃんの時のように時間に追われる心配があまりないため、お互い緩いムードでおしゃべりしながら伸び伸び建築を進めている。

ちゃみちゃんのことだから昨日の光ちゃんみたいに突然のライブオン発作による不戦勝が起きるなんてことはないと思うから、今度こそ建築バトルを楽しむぞ！

「ふぅ、土台はこんなもんかな。次はブロックを積み上げる作業だから単調になりそうだな。ねぇちゃみちゃん！　集中したいとかなければ一緒にカステラ返さない？」
「あ、承知したわ。私も結構時間がかかるけど似たような作業が続いていたの」
「オッケーサンキュー！　まずはどれを返そうかなー……これかな！」
@組長の時といいちゃみちゃんの時といいあやちゃんには人の性癖を解放させる才能があるとみた。
そこであやちゃんには称号「本悩解放」を贈ろうと思うのですがいかがでしょう？@
「いいですなぁ、他にも性癖展開《りょういきてんかい》とかもどっすか？　メスの呼吸とか変態起動装置とかもありですね」
「そろそろ本気で怒られないか心配だわ」
@各ホトトギスの俳句は、
織田信長《おだのぶなが》・鳴かぬなら、殺してしまえ、ホトトギス
豊臣秀吉《とよとみひでよし》・鳴かぬなら、鳴かせてみせよう、ホトトギス
徳川家康《とくがわいえやす》・鳴かぬなら、鳴くまで待とう、ホトトギス
ですが、シュワちゃんは？@
「鳴かぬなら、犯してやろう、ホトトギス。ですな！」

「もうこの程度の下ネタなら臆さなくなってきた自分が嫌だわ……」
「それでは聴いてください、犯されるホトトギスの物まね。ホット！　ホット！　あー！
私のホットなとこがギスギスされちゃってるのぉおぉぉ‼　キョッキョキョッキョキョッ
（喘《あえ》ぎ声）‼」
「　　　　」
「ふっ、決まったな」
「あっ、ご、ごめんなさい、あまりの衝撃で一瞬意識が飛んでいたわ。流石は淡雪ちゃん
ね、常に予想を超えてくる」
「照れるぜ。ちなみにちゃみちゃんはどんなホトトギスの俳句詠《よ》む？」
「私？　そうねぇ……鳴かぬなら、褒めて鳴かそう、ホトトギス。かしらね」
「あーいいねぇ、なんかちゃみちゃんらしい。これって個々の性格が出そうだよね、今度
他のライバーにも聞いてみようかな」
：キョッキョキョッキョキョッでもう駄目だった
：日本の全ホトトギスが国外逃亡考え出してそう
：もうやめて、シュワちゃーん！　もう淡雪の清楚《せいそ》ポイントは0よ！
：あ、そういえばこの子清楚でしたね、ガチで忘れてました

：これはＶ芸人界の天下取ってますわ
＠～美味《おい》しいスト○○の作り方～
１：サウナスーツを来たシュワちゃんを用意します。
２：シュワちゃんにスト○○を飲ませ、運動して汗をながさせます。
３：その汗を集めてスト○○の缶に入れて飲みます。
４：うまい（テーレッテレー）。
※シュワちゃんは特殊な訓練を受けているので、汗がスト○○になります。他の人は真《ま》似《ね》をしないでください。＠
「エリートスト○○ってやつですな！　ネタが懐《なつ》かしい！」

「エリートとスト○○で対義語じゃないかしら？」

「むむむ！　上弦の零たるシュワちゃんはエリートに間違いないど！」

「原作に出てこなかったのは酔いつぶれて外で朝まで爆睡した結果、太陽の日差しで消し炭になっていたからかしらね。紛れもないネタキャラのエリートね」

カステラ返信が終わって更に数時間が経過した。

建築物は一応形にはなったのでよしだが、流石にもう眠気が限界だ。

そろそろ私は配信終わらせて寝させてもらおうかな。

「ちゃみちゃんー？　そっちどんな調子？」

「うーん……ちょっとまだ時間かかりそうね。もう少し頑張ってみるからお先に寝てくれて大丈夫よ」

「おー頑張るねぇ。それじゃあお言葉に甘えて今日のところは寝ようかな、申し訳ない……」

「いいのよ、私がやりたいだけだから。気にしないでぐっすり寝て頂戴」

「ありがとー。それじゃあ明日の夜に完成品の発表しようねー……」

「了解よ。ふふっ、ほんとに眠そうね。おやすみなさい」

「おやすみ……滲《にじ》み出す混濁の紋章、不遜なる狂気の器、湧き上がり・否定し・痺《しび》れ・瞬《また》き・眠りを妨げる　爬行《はこう》する鉄の王女　絶えず自壊する泥の人形　結合せよ　反発せよ　地に満ち己の無力を知れ　破〇の九十・黒棺《くろひつぎ》が一つ。滲み出す混濁の紋章ｒｙ黒棺が二つ。滲み出すｒｙ黒棺が三つ……」

「寝方の癖がすごいわね」

：不遜なる狂気の器（アルミ缶）

：滲み出す混濁の紋章（ＡＬＣ９％）

：絶えず自壊する泥の人形（シュワちゃん）

：新しい自己紹介かな？
：眠り妨げるどころかぐっすりしそうなんですがそれは

半ば寝落ちのような状態だったが、鋼の意地で配信だけはしっかり切り、私の意識は夢の中へと誘われていった。

そして翌日。

「あれは、誰だ？　誰だ？　誰だ？　あれはシュワちゃんだー！　っということで今日も元気に配信して行くどー！　昨日の続きからだからさっそくちゃみちゃんと通話を繋《つな》ぎましてー」

「あ、淡雪ちゃん！　待ってたわよ！　いよいよ発表の時間ね！」

「お、おう？」

あれ、ちゃみちゃんってこんなにテンション高いキャラだったっけ？　いつもに比べて今日はやけに声が出ている気がするな。一体どうしたのだろう？

「今夜は元気だねーちゃみちゃん、なにかあったん？」

「あらそうかしら？　ふふふっ、良《い》いものができたから舞い上がってしまっているのかもしれないわね」

「お、ということはちゃんと完成したわけだね？」

「胸を張って発表できるくらいにはね。期待していいわよ」

おお！あのコミュ障で自信なさげな言動が多いちゃみちゃんにここまで言わせるなんて、これはとんでもないものが出てくるかもしれないぞ！

負けるのは勿論《もちろん》嫌だけど、内心ちょっとどんなのができたのか楽しみだな。

それじゃあ日も跨《また》いじゃったことだし早速発表していくとしますか！

まずは私から！

「私が作った豪邸は――これだああ‼」

：おお！

：この墓石を彷彿《ほうふつ》とさせる角ばったシャープなデザイン！

：ひたすらものを収納することしか考えていない東京に立ち並ぶビルのような外観！

：これがあらわすものは！

：縦長の豆腐だな
：縦長の豆腐だね
：でかくはあるが豪邸かと聞かれたら……

：うん、本気で頑張ろうとしたのはすごい分かるよ。でもそれが分かるから尚更《なおさら》悲しくも

ある

：うん、よく頑張った！　頑張って偉い！

「あれ、なんか皆から哀れみの念を抱かれてないこれ？　普通に罵倒されるよりなんか心にくるものがあるんだけど……」

「大丈夫よ淡雪ちゃん。もし共産主義国家だったらこの機能的建築法は間違いなく評価高いわ！」

「それ褒めてる？」

くっ、今回もダメなのか？　もう認めるしかないというのか？　私がクソザコ建築家だとっ！

いやまだだ！　まだ負けが決まったわけではない！　私は最後の最後まで抗《あらが》い続けるぞ！

「さてと、次は私の番ね」

「覚悟は決めた……お願いします！」

「私が作ったのは……これよ！」

「……ん？」

ちゃみちゃんの動きを見るに今表示させている画面の中に建物があるのは間違いないだ

ろう。

だがなぜかそこに見える人工的な建物は、仮令《たとえ》は悪いが公園の公衆トイレのような極小の掘っ立て小屋のみだった。

「ちゃみちゃん、これは……」

「ふふ、中に入ってみて」

「う、うん」

どうやら本当にこの小屋が完成品のようだ。

不思議に思いながら小屋の中に入ってみると、そこに1マスだけ穴が開いていることに気が付いた。

これは……地下に梯子《はしご》が伸びているのか？

「ふふ、降りてみて」

この時点で地下がメインだということには感付いた私だったが――梯子を降りた先の光景にその予想は裏切られる……いや、予想の遥《はる》か先を行っていた。

そこは一つの世界だった。

嘘《うそ》ではない。雪原や砂漠、海原のように目の前に一つの全く新しい世界が存在しているのだ。

芸術的と言っていいまでに精巧に地下で削り出された石のアーティファクトたちが至る所に無数に点在しており、中央にはまるで古代文明の遺跡を彷彿とさせる超巨大な柱のモニュメントが聳《そび》え立《た》っている。

更に驚きなのはこの空間がゲームで描写しきれないほど広範囲にまで広がっているということだ、一体どれほどの広さになっているのか想像もつかない。

故にここは一つの新しい世界なのである。

もし名前を付けるとするなら——

「地下帝国うううぅぅ⁉⁉」

うん、これだな、間違いない。

「え、なにこれすご！　どうやって作ったのこれ⁉」

「ふふふっ！　一度作り出したら止まらなくなってしまってね、今の今までずっとぶっ続けで作ってたわ！」

「はい⁉　え、昨日の配信からずっとってこと⁉」

「そうよ、一睡もせずにずっと作業してたわね」

ああなるほど、道理でさっきから変にテンションが高かったわけだ、もしかしなくて深夜テンション真《ま》っ只中《ただなか》なんだな！

「規模がおかしすぎるでしょ……というかこれ、豪邸と言えるの？」

「うるさい！　私にとってここは豪邸なの！　私はこのまま地下帝国をライブオンメンバー全ての生活圏にまで広げて、地下からありとあらゆる会話を盗聴して声を楽しみながら、誰にも会わず一人で慎《つつ》ましく生きていくのよ！　これぞちゃみリカンドリーム！」

「まさかの全世界盗聴計画⁉　やってることは全然慎ましくないよ！」

：カ○ジ君、ハ○チョウ、あなた方の夢は今叶《かな》いましたよ

：いや、その二人別に完成を目指してたわけじゃないんだが……

：配信終了した後もずっと一人でやってたのか……

：下の世界（物理）

「ちゃみちゃん」

「ん？　なにかしら？」

色々言いたいことは山積みだったが、とりあえず真っ先に言わないといけないのはこれだ。

「寝なさい」

判定――コメント欄でも審議が起こった結果、豪邸ではないので淡雪の勝利！

自分で言うのもなんだがなんで二連勝もしてるんだ……。

というわけで現在二連勝中、そして次が最後の刺客となる。

対戦相手がことごとく自爆したうえでの輝かしい戦績ではあるが、せっかくここまで来たのなら全勝を狙いたいところだ。


「さぁ登場してもらいましょうか、最後に私の前に立ちふさがる刺客は――」

「お待たせ、待った？　皆の聖様が来たよ」

「これです」

「ははっ、ちょっと寝坊しちゃって準備が間に合わなかったから全裸で来ちゃったよ」

「お帰りください」

「お帰り。ほら、お帰りボイスが欲しいって言うから聖様渾身《こんしん》のイケボをプレゼントさ。全く淡雪君は甘えん坊だな」

「あっぶね、あらかじめ鼓膜破っておいて正解だったわ」

「鼓膜の先まで私の声を体に取り入れたかったんだね、このかわいこちゃんめ、嬉《うれ》しくなっちゃうだろ？」

「やっぱこの先輩つえーわ」

改めまして、最後に企画に協力してくれるのは相変わらずの全裸スキンで登場してくれやがった聖様です、意地でも負けたくない。

：相変わらずの仲良し　￥３０００

：性様あらゆる攻撃を吸収する耐性もってるからダメージが通らん

：これ（変態ガチ百合《ゆり》信者）

「ふふっ、それにしても淡雪君。あの屈強なる二人を倒して私の元までたどり着いたこと、実に見事だと思うよ。そこでだ、手を組まないか？　もし私に忠誠を誓うのなら私の持っている大人のおもちゃの半分をやろう」

「家がアダルトショップ化しそうなので結構です。あとそもそも勝ち抜き戦じゃないんで」

「ちゃんと使用済みだよ？　聖様使用済み限定アダルトショップ開けるよ？」

「業が深い店だな。これが本当の闇稼業《かぎょう》ってな」

「何言ってんのお前」

「あー大海原に投げ捨ててやりたい」

「良いのかいそんなことして？　聖様ア○アマンになってしまうよ？　ア○アマンのア○アマ○コにトライデントが突き刺さってぷあははははっ‼」

「テンションを上下にシコるのやめろ」

全く、このままだといつまでも話してしまいそうだから無理やり企画を進めてしまおう。

恒例の建築テーマだが、最後ということで縛り一切なしの自由建築に決まった。なにを作ってもいいだけに従来の縛りありより更にセンスが問われると言ってもいいだろう。

だが、実は私はもう作るものを決めているのだ。開幕時点で今までよりずっと迷いのない建築に取り掛かることができている。頭より先に体が動いているイメージだ。

これは……すごいものができてしまうかもしれないな。

聖様も大方の予想通り迷いなく悠々と建築を進めているようで、これは双方とも結果発表が期待大かもしれないな。

その後もしばらくの間適度に雑談を交えながらも集中して建築を進めていたのだが、少々目が疲れてきたのもあり、一旦カステラ返答を挟ませてもらうことにした。

@ ー ［スト〇〇］

@
(´・ω・`)／
(　　つ／
　>>

「うん、もうこれ文章じゃなくてアートだよね。すごいんだけどどう返答すればいいのか分からんよ」

「匿名でなおかつ神出鬼没とかバ○クシーみたいだ、聖様感動したよ」

「え、ワンチャンこれ書いたのバ○クシー説ある？　やっぱテンション上がってきた！」

「一体このアートにはどんな意味が込められているのだろうか……考察が必要だね」

：まさかの大物アーティストによるスト○○布教に草

：ま、まぁ想像するだけなら自由だから

：ほんとこの二人発想が自由すぎるｗｗｗ

＠シュワちゃんはエロの人としても名を轟《とどろ》かせつつありますがどうでしょう

　ここらでいっちょ聖様に挑んでライブオン一のエロの人となって

《スト○○の人》と《エロの人》の二冠に挑戦してみる気はありませんか？＠

「だそうだよ淡雪君。私を倒してみるかい？」

「別にいいですけど、どうやって競うんです？」

「よし決まりだね、それじゃあ今から下ネタ限定しりとりをして勝った方が冠を得るってルールで勝負だ」

「なにそのしりとりへの冒瀆」

「それじゃあ聖様から行くよ、おち○ちん」
「終わったじゃねーか」
「ふっ、確かにしりとりには負けたがエロの名は守り抜いた。勝負に勝って試合に負けたってやつかな」
「誰か助けて」
＠聖様って配信外でも普段から下ネタ乱発しているんですか？＠
「場と流れをちゃんと考えて言うようにしているよ、エチケットってやつさ。下ネタはやりすぎると人生詰む可能性があるから皆も空気を読んで使うんだよ」
「え、意外。エチケットとか聖様から最も遠い言葉だと思ってました」
「まぁ普段は言えないものだからこそ、いざ発言したときの感動も引き立つんだけどね！」
「焦《じ》らしプレイしてるだけかよ」
：しりとりの件のテンポに草
：あれだけライバー好きなシュワちゃんが唯一聖様には辛辣になるのすこ
：含蓄がありすぎて説得力がやばい
：聖様まじ性様

再び時間は流れて翌日の夜。

いよいよ最後の建築物が完成したのでお披露目の時間だ。

「聖様、今までは私が先に発表していたんですけど、もしよければ今回私が後に発表してもいいですか？」

「ん？　どうしてだい？」

「絶対的自信があるので。真打は最後が相応《ふさわ》しいでしょう？」

「ふーん、言ってくれるね。了解した、私が先陣を切らせてもらおう。でも私だって今回は自信があるから、最後に大恥をさらしても知らないよ？」

「ふふ、せめて圧勝させないでくださいよ？」

というわけで先に聖様の完成品の場所まで移動だ。

……うん、移動しているんだが……。

完成品と思われる建物が段々画面に映し出されていくにつれて、私の足は前に進むことを拒み、可能なことなら今すぐにでも後ろを向いて逃げ出したい衝動に襲われていた。

「さぁ見てくれたまえ！　これが聖様渾身のイチモツ……間違えた、一品さ！」

眼前に聳《そび》え立《た》つ……いや、いきり勃《た》っているのは天に向かって伸びる先端らへんが少々不自然に膨らんでいる縦30mほどの棒状の物体。

うん、もう帰っていいかな。

：アウトー!!

：本当にやりやがった……

：これは立派な大人のマツタケですわ
：お、ネオアームストロングサイクロンジェットアームストロング砲じゃん、完成度たけーなオイ
：正直やってくれるんじゃないかとは思ってたけど本当に作るとは……

：これはモザイクが必要なのでは……？

「ディルド作るとかまじドン引きですよ聖様。私たち今からこんな俗物が存在している世界に生きていかないといけないんですか？　もういっそのこと今からこれ爆破して去勢しません？」

「まぁ待ちたまえよ淡雪君、まだ評価するには早い、ちょっとこっちに来てくれ」

「はいはい」

重すぎる足を何とか動かし聖様の背中を追うと、そこには一つのレバーがあった。

そしてレバーから例のブツにはなにか線で繋《つな》がっていて……これは回路ってやつかな？

そういえば私はまだ手を出したことがないが、このゲームはブロックと回路をうまく繋ぐことでブロックを動かすことが可能なはずだ。

ま、まさか——⁉

「Let's OTINTIN Time」

ガシャンガシャンガシャンガシャンガシャン‼

性様がレバーを引くと、イチモツがハイスピードで痙攣《けいれん》するように小刻みに動き出した！

「ディルドじゃなくてバイブだった——⁉」

「ビューティフル……いや、これはビューティンティンフルフルと言った方がいいか」

・・大草原

・・めっちゃうるさくて草

・・めっちゃぬるぬる動いてるけどどんな回路引いたんだ……

・・ビューティンティンフルフル、声に出して読みたい日本語

・・英語だろ

・・英語でもないだろ

・・淫グリッシュだな

：英語圏の人に言ったらbeautifulの最上位形と判断してもらえそう
：コングラッチュバイブレーション！
相変わらず通常運行の聖様に散々振り回されてしまったが、次はいよいよ私の番だ。
今考えると、どうして最も自由にしてはいけない人にこの題材を与えてしまったのだろうか……。
まぁうだうだ言っていても仕方がない。それに今から披露する私の建築物を見て貰《もら》えば皆あんな建築物なのかどうかも分からん物のことなんか忘れてしまうはずだ。
今まで私のことを豆腐屋さんと言ってくれたリスナーたちよ、さぁ見るがいい——私が魂を込めて生み出した絶世独立のアートを！
：ファ⁉
：し、信じられん
：これは……実写とも呼べるのではないか？
：人間はここまで真理に近づけるというのか⁉
：この角っぽさを完璧に消した美しい円柱形、その周りを囲むやけにギラギラとした装飾
：締めには思わず口をすぼめてしまいそうになる果汁滴《したた》るレモン
：これがあらわすものは——ッ！

：スト○○じゃねぇか！
：草、二人とも本当に自由すぎる
：さっきまで聖様の建築物にドン引きしていた人が建てたものがこれである
：てかでか過ぎね？　高さ60ｍ以上はありそう
：一番恐ろしいのはこれを一切の迷いない超スピード建築で作り上げたこと。一晩でこれはやばい
：一度も参考画像すら見てないんだよな。『造形は全て体が教えてくれる』って言い始めたときは笑った
：スト○○の匠《たくみ》
：豆腐屋から酒屋になったな
：これは流石《さすが》に勝敗決まったかな
：クオリティがえぐすぎる
「これでどうかこの世界にもスト○○の加護があらんことを」
「すっげ、ネオアームスト○○ゼロサイクロンジェットアームスト○○ゼロ砲じゃん、完成度たけぇな」
　結果は満場一致で私の勝利、全戦全勝やったぜ！

「こんな回想あるか？」

回想の世界から帰ってきて瞼《まぶた》を開けた私は開口一番そんな言葉を漏らしたのだった。

え、回想ってもっとエモエモなエピソードとかが思い返されるものじゃないの？　今の回想だと聖様企画の最後らへんに全裸でやってきて下ネタバラまいていったへんたいふしんしゃさんでしかないよ？　普段と何も変わらないよ！

「……いや、普段と変わらないから気になるのか」

私たちの知る聖様はどこまでも聖様だ。キザな態度でとんでもない下ネタを投下して配信を盛り上げる。そんな聖様しか知らない。

だからこそ、今の聖様が何を考えているのかが分からない。今の聖様は初めて見る普段と違う聖様なんだ。

「全く、何を考えているのやら」

そんなことを口では言うが、先ほどのワルクラも然り、聖様とのコラボはそのどれもが楽しい思い出だった。

なんだか最近は悪友のような立ち位置になったから認めたくない思いもあるが、私がライブオンに入ろうと思ったきっかけの一人でもあり、入った後も気にかけてくれた恩人でもある。ずっと曇りのない輝いた笑顔でいてほしい大切な人だ。

「でも、私はこの件に関してはあまりに無力なんだよなぁ……」

聖様はあまり過剰に気にしないでほしそうな感じだったし、やっぱりうかつなことはせずに本人からのSOSがない限りは普段通りの配信をするのが一番なのかな。

「せめて頼りがいがある人に見えるように、気持ちを入れ替えて堂々と配信に臨みますか」

自分に活を入れ、私は今日の配信のサムネ作りに勤《いそ》しむのだった。

有素ちゃん家にお泊り

「ん、もうすぐか」

新幹線の座席から強制スクロールのように流れる外の景色をぼーっと眺めていながら、心地よい揺れから生まれる眠気を楽しんでいたのだが、どうやら終わりの時間が来てしまったようだ。

なんとか重い腰を上げ、キャリーバッグと共に愛《いと》しき文明の利器にさよならを告げる。

「こっちは良い天気だなー」

都内の空はすこし曇り気味で心配だったのだが、こっちは見事な空の海に太陽が一つ漂っている。

さて、新幹線から降りたここからもまたもや文明の利器、GMAP の出番だ。

目的地までの道のりを調べ、後は出たルートをたどるだけ。科学の進歩した現代人であることに感謝である。

都内とは違い開けた風景に心を癒やされながら、歩を進めると共にふとなぜこうなったのかを思い返した――

鈴木さんとの打ち合わせの日の夜、私は有言実行とばかりにPCに向き合いながらゲーム配信を行っていた。

このゲーム自体は聖様の件より前からやり始めたものであり、非常に良《い》いゲームでここ一週間ほどソロ配信ではずっとこのゲームをプレイしていたほどだ。

そしてその日は記念すべきエンディングを迎えた日――感動の余韻に包まれながら満足げに配信画面を終了したのだが……。

「……あれ」

その時私は気づいてしまった、この一週間の生活内容の悲惨さを。

まさかの一週間外出ゼロ、食料は買い物にも行かず備蓄を使い果たした結果他人との遭遇もゼロ、更にはスト○○。

とんでもなく社会から切り離された生活をこの一週間送ってしまっていたのだ。

これは流石にいかん……ゲームもクリアしたことだし、だれかと遊ぶか何かして外で羽を伸ばそう。

「あっ、そうだ」

せっかくの機会だし、聖様をオフの外出に誘ってみようかな？

あくまで私からは収益化云々《うんぬん》には触れないようにして、聖様も楽しく外で遊べば気分がリフレッシュするかもしれない。

そう考えた私は聖様にチャットで誘いの文を出した。

〈心音《こころね》淡雪〉：聖様、よかったら明日一緒にオフで遊びに行きません？　ここ一週間外出してなくて体が干からびそうです

数分後、返事がくる。

〈宇月聖〉：聖チャン！　例の件は大変だったね…（>_>;）でも大丈夫！　おれはいつ

でも聖チャンの味方だよ（*^^）v　そうだ、突然だけど聖チャンの好きな料理はなにカナ？　明日一緒にご飯行こうよ！　勿論《もちろん》奢《おご》っちゃうよ〜♪　おいしいものたべて辛《つら》いことなんて忘れちゃおう！　おれと遊んだらお外は勿論ベッドの中まで天国だよ（´∀｀）ってコト!?
〈心音淡雪〉：もう知りません。一人で遊園地にでも行ってきてください
〈宇月聖〉：冗談だよ。誘ってくれてありがとう。でも明日は例の件での打ち合わせとかいろいろ立て込んでいて、ここ数日は遊ぶ時間はとれないかな。気を使ってくれたのに本当に申し訳ない
〈心音淡雪〉：了解です。一週間外に出ていないのはマジだったんで全然気にしないでください！
〈宇月聖〉：一週間も溜《た》まってると辛いだろう？　誰かほかのライバーで発散しておいで
〈心音淡雪〉：言い方……
うーん、断られてしまったか。
まぁそれなら仕方がない。外に出ないとまずいのは変わらないから、聖様の言う通り他のライバーをグループチャットで誘ってみよう。
〈心音淡雪〉：今度誰か配信外で遊びませんか？　遠方でも喜んで足を運びます

〈相馬有素〉：ぜひ私の家に来るのであります！

送ってから返信がくるまでのこの間、僅か4秒。

最早《もはや》張り込んでいただろとツッコミを入れたくなったが、まぁ有素ちゃんだから仕方ない。

というわけで、遊ぶ相手は真っ先に応えてくれた有素ちゃんに決まったのだが、ご自宅が結構な遠方ということもあり、泊りで行かせてもらうことになった。

あの有素ちゃんのお家《うち》にお泊り……いささか不安を感じる部分はあるが、まぁ根はいい子のはずなので大丈夫だろう。うん、大丈夫と信じよう。

「お、ここかな？」

景色と風を楽しみながら歩いていると、あっという間にGMAPが示した一軒家にたどり着いた。

そういえばご両親と一緒に住んでるって言ってたんだよな、突然のことだったのに許可してくださったご両親には大感謝だ。でも、今日は平日だがお泊りする以上お会いすることになるだろうから緊張するな。

とりあえずまずは着いた連絡をするか。

〈心音淡雪〉：着きましたよー

〈相馬有素〉：了解であります！　鍵は開いているのでどうぞお入りください！

どうやら準備は万端のようだな。

それではお家の中に失礼してー。

ガチャ。

バタン！

ドアを開けた瞬間、体が反射的に中に入らず逆に閉める行動をとった。

そして光の速さでラブリーマイエンジェルに通話を掛ける。当然某シスコン主人公とは違って着信拒否などはない。

――――♪

「はいはい、ましろんですよー。どうしたのあわちゃん？」

「あ、突然ごめんなさいねましろん。今ね、有素ちゃん家《ち》に遊びに来てるんですけど」

「あーなんかチャットで言ってたね。それがどうかしたの？」

「たった今着いたのでお家のドアを開けたんですけど、やばいのが居たのでどうしたものかと」

「やばいの？」

「下着だけ変態女が立ってたんですよ」

「え、ほんとに？」

「はい。しかもですよ？　なぜかパンツを目が隠れるくらい深く頭にかぶって、逆にブラジャーをパンツみたいに下に穿《は》いてたんですよ」

「うわ、相当ヤベーの来ちゃったねそれ。今すぐその場を離れた方が無難だよ」

「更に、更にですよ？　剝《む》き出《だ》しになったおっぱいの両乳首に空になったスト○○を紐《ひも》でぶら下げてたんですよ」

「あ、それ多分有素ちゃんだね。愛されてて良かったねあわちゃん」

「嘘《うそ》だと言ってよマーシー！」

「そんな呼び方されたの晴先輩《はれる》以来だよ」

とりあえず一旦通話を終了し、再びドアに手をかける。

何を言っているんだましろんは、いくら有素ちゃんでもこんなクレイジーサイコ聖様みたいな行動をとるわけないじゃないか。

全くもう、仕方ないからこの私がもう一度体を張ってあの変態の正体を調べてきてあげよう。

待っててね有素ちゃん！　私があなたの冤罪《えんざい》をちゃんと晴らしてあげるからね！

ガチャ！

「I'm a strong human. a, li, ce alice! a, li, ce alice! a, li, ce alice!」

「嘘だッ！！！」

自己紹介と共に目の前で歌い踊り出す痴女を前にして、玄関に私の悲痛な叫び声が響いたのであった——

「すぅーはー……すぅーはー……」

後ろを向き何度か深呼吸をして正常な精神を保ったところで、とりあえずこの状況を外の誰かに見られないようにドアを閉め、再び玄関に居座るキメラと対峙《たいじ》する。

「えーっと、とりあえず有素ちゃんで間違いありませんよね？　もし違ったら私は今すぐにでも逃げ出しますけど」

「はい！　相馬有素なのであります！　今日ははるばるお越しくださり感謝感激なのであります！」

「うん、そっかそっか、私も会えてうれしいですよ。でもですね、その身なりは……どうしてそうなってしまったんですか？」

真っ先に未《いま》だに直視できないその服装と言っていいのかも分からない身なりにツッコミを入れる。

おかしいな、目の前にほぼ全裸の若い女がいるにもかかわらず一切の興奮が湧いてこない。それどころか視界に入れることを脳と眼球が断固拒否している。これが照れによってもたらされた拒絶ならどれほどよかったものか。

「淡雪殿が我が家に降臨なさるということで、生半可な装《よそお》いでは無礼に当たると思い、考えに考えた結果これになったのであります！」

「その考えに考えた部分をもっと詳しくお願いします！」

「了解であります！　まず淡雪殿に体を差し出すことを考えて下着なのは前提としまして」

「なるほど、いちいちツッコミを入れていると会話が渋滞して進まないので、とりあえず最後まで聞きましょう」

「その、私照れ屋なものでして、実際に尊敬する淡雪殿を目の前にしてしまうと動悸《どうき》によってまともに喋《しゃべ》れなくなってしまう可能性があるので目隠しが欲しかったのでありますよ。でもブラで目隠しが上手《うま》くできなかったので、そうだ、パンツをかぶろうと」

「……はいはい、それで？」

「でもそうすると下が丸出しじゃないですか？　流石《さすが》にこれは如何《いかが》なものかと思いまして、そうだ、逆転の発想でブラを下に穿こうと」

「ふむふむなるほど、まだありますよね？」

「はい、自然と余ってしまったおっぱいエリアをどうしようかすごく悩んだのでありますが、ここは淡雪殿の興味を引くものを付けてアピールすべきだと考えまして」

「考えまして？」

「空のスト○○を紐につないで」

「乳首に吊《つ》るしたのであります！」

「そっかぁ乳首に吊るしちゃったかぁ。確かに乳首が空いてるの勿体《もったい》ないですもんね」

「はいであります！」

…………。

「頭大丈夫ですか？」

途中何度もツッコミを入れたい衝動に襲われたが必死に我慢した結果、最終的にこの一言に帰結した。

やばい、この子は私が遭遇してきた猛者《もさ》たちの中でもトップクラスにやばい。筋金入りだ。

「おや、気に入ってもらえなかったでありますか？　私の勝負下着」

「むしろどうしてそれでいこうと思えたのかが知りたいですよ。あと確かに勝負はしてましたね。私じゃなくて世の中にですけど」

「むー、やはり体が貧相なのがいけないのでありますね。もっと食べて動いて鍛えなければ！」

「そうじゃなくて……いや、とりあえず一旦普通の服に着替えてもらえませんか？　さっきから目のやりどころに困っているのですが」

「興奮するでありますか!?」

「いや、絶望します」

「むー、明日から牛乳いっぱい飲むのであります……」

「いや、だからちがくて……」

なんか会話が通じなすぎて強烈なカルチャーショック受けてるよ……。

「まぁ服は自室に行かないとないので、とりあえず上がってほしいのであります」

「はい……」

「あー！（家の）中に入っちゃう！　淡雪殿が私の（家の）中に入っちゃうのでありますー！」

「帰っていいですか？」

「だめであります」

渋々靴を脱ぎ、頭のパンツを度々上げて道を確認しながら廊下を先行する有素ちゃんの後ろに続く。

「今（カーン）が（カーン）でして（カーン）」

「うん、その両乳首にぶら下げてるの一旦手で持つか何かして固定しましょうか。歩くたびにぶつかる音が響いて何言ってるのか分かりませんよ」

「おっと失礼しましたのであります。それでですね、今両親がリビングにいまして、お手数おかけしますが顔合わせするだけでもお願いしたいのであります」

「え、まだ昼過ぎなのにもうご両親いるんですか？」

「はい。私もびっくりしたのでありますが、大事なお客様が来るので気合いを入れて今日は仕事を休んでしまったようなのであります」

「まじですかぁ……」

うわぁこういうの慣れてないからなんか緊張するなぁ。ライバーのご家族にお会いするのはこれが初めてだ。

というかさ！　ご両親いるんなら娘のこの痴態を止めてくださいよ！　どう考えても違和感しかないでしょう！

いや待てよ？　娘がこれってことはまさかご両親まで――

「ここがリビングであります。まぁ生活感満載で綺麗《きれい》ではありませんが」

「ごくり……」

有素ちゃんがためらいもなく扉を開ける。そこに広がっていた光景は——

「おかあさーん！　おとうさーん！　ご来賓が来たよー！」

「しっ、失礼いたします！　本日は急にお邪魔することになってしまい誠に……ん？」

覚悟を決め、いざ決戦のバトルフィールドに足を踏み込んだ私だったが、有素ちゃんの時みたいにびっくりするわけでもなく思わず気の抜けた声を漏らしてしまっていた。

理由は勿論《もちろん》目を閉じながら仁王立ちしている有素ちゃんのご両親にある。だがこれは何といえばいいのか……。

無理やり言葉にするなら……そう、この二人の光景があまりにも整合性に欠けていたのだ。

洋風なリビングの中でお母様と思われる方はなぜか扇子を手に持ち、やけに派手な赤の着物を着ているし、なぜかそれに対してお父様と思われる方は鉢巻を頭に巻き、上半身には腹巻のようなものを巻いている。

そして一番謎なのがお父様が持っている立派な杵《きね》、そして二人から挟まれる位置に設置された臼。

これは……餅つきの道具？

混乱で次の言葉に困っている私を置き去りにして、二人は目をカッ！っと開いた！

「てんてけてんてんてんてんてんてん、てんてけてんてんてんてんてんてんてん♪　娘がVTuberになったと思っていーたーらー、スト〇〇中毒でーしーたー♪」

「なぁーにぃー!?　やっちまったなぁ!?　男は黙って」

「チクショー!!」

シュ！　タタタタ！　――――――♪

後ろを向き、再び光の速さでましろんに通話をかける。

「あ、もしもし、俺だよ俺、どうしたの？　俺にお金でも借りたくなっちゃった？」

「逆オレオレ詐欺とは斬新ですねましろん」

「ふふっ、ちょっとふざけたくなっちゃった。それで、またどしたのあわちゃん？」

「あ、今ですね、有素ちゃんのご両親にお会いしているんですけど」

「え、ほんとに？　それは緊張するね、くれぐれも失礼のないようにね」

「いやそれがですね、ご両親がなぜかコウメ〇夫《ゆう》とクール〇コ。の叫んでる方に変わっていたんですよ！」

「はい？　え、どういう状況？　もしかして今スケートリンクにでも居るの？　スベリ芸的な意味で」

「しかもですね、息が全くあってなくてネタの落ちめちゃくちゃなんです！」

「まぁその二人が息ばっちりだったら逆にびっくりだよね、特にコウメの方」

「やばいですよ！　まさかのドリームコンビの登場に私大興奮ですよ！」

「うん、確かにドリームコンビだね。どうかそのコンビが夢であってほしいもん」

「コウメ○夫とクール○コ。をバカにすんじゃねぇ！　私この人たちの大ファンなんだぞ！」

「その人たちにどんな思い入れがあるのあわちゃん……まぁ確かにあわちゃんそういう一発芸的なお笑い大好きだったか」

ふぅ、ましろんの力を再び借りたおかげで段々落ち着いてきたかな。

さて──

「ねえましろん」

「ん？　なに？」

「助けて」

「ガンバ」

「いやあああぁぁぁ‼‼」

一切の慈悲もなしに通話が切られ、再びあのカオス空間に引き戻されてしまった。

ましろんめ、今度お腹《なか》いっぱいでもう食べられないって言うまでおいしいもの食べさせてやるんだからな‼


「ここが私の部屋なのであります！　どうぞ楽にしてください！」

「うん、ありがとう」

ご両親との挨拶を終え、有素ちゃんの部屋に案内された、ようやく一息つけそうだ。

ちなみに挨拶の内容だが、あのファーストコンタクトからは想像もできないくらいスムーズかつポピュラーに終わった。

ネタ披露が終わって私と話を始めた瞬間、さっきのことなど忘れたかのように普通のご家庭の良《い》いご両親に変わったのだ。

正直びびったよ、ツッコミを入れる間もないままあの芸用？の服装のまま礼儀正しくご挨拶されたから違和感が仕事し過ぎていた、一体何だったんだ……？

絶対一筋縄じゃいかない人たちなんだろうなぁ……。有素ちゃんに聞いてみたらこれくらい日常茶飯事って言ってたし。

まぁ一言にまとめると、この家族やべーわ。

仲はすごい良さそうだし、楽しそうなご家庭ではあるんだけど個々の個性がね……。

まぁ気を取り直しまして、有素ちゃんとの時間を楽しむことにしよう。

部屋の印象は……意外と普通かも？　一般的な女の子の部屋だ。

「そんなにじろじろ部屋を見られると恥ずかしいのであります……」

「あ、ご、ごめんなさい！」

「いえ、でも観察してもそんなに大したものはないでありますよ？」

「うん、正直驚きました。壁一面に私の写真が貼ってあることとかも覚悟してましたから」

「あ、それは趣味用の別室に」

「……」

触らぬ神に祟《たた》りなし、スルーで行こう……。

有素ちゃんの部屋に案内され腰をクッションに下ろした私、次にとるべき行動はもう決まっている。

そう、この現代社会の倫理観と真っ向から対立している有素ちゃんの装《よそお》いだ。

今のままで居られると常時私が得体のしれない恐怖に晒《さら》されることになるので、すぐに着替えてもらう。

この深層意識から拒絶する感覚はジャパニーズホラーともまた違う、新ジャンルとしてストロングホラーとでも呼ぶべきか。

「火の用心、スト〇〇二本、炎上の元（カーン！）」

「やめろ、その言葉は私に効く……じゃなくて、遊んでないで早く着替えなさい‼」

さて、なんだかんだまともな私服に着替えてくれたようなので、やっと常時逸《そ》らしていた視線を有素ちゃんへと向け直す。

んーなるほどなるほど……。

「うん、よしよし、ちゃんとお着替え出来てえらいですね」

「はい！　えへへ、褒められちゃったのであります！　この服ちゃんとかわいいでありますか？」

「ええ女の子らしくてとてもかわいいお洋服だと思いますよ、服はもういいでしょう。それで……その未《いま》だ頭にかぶっているものは何ですか？」

「帽子であります」

「(#゜ε゜)」

「パンツであります」

「よろしい」

まともな服に着替えてくれた有素ちゃんだったが、その頭部には未だに断固目元深くまでパンツをかぶったままであった。

「絶対おかしいって自分でも気づいてるでしょ！　有素ちゃんはいつも家でパンツをかぶっているのかな？」

「淡雪殿のパンツであればよろこんで常時装着するのであります。だから今穿《は》いてるパンツ下さい！」

「よくこの状況でねだろうと思いましたね⁉　あげるわけないでしょ！」

「ちゃんと洗わずに大事に使うでありますよ？」

「それって大事に使ってるんですか……？」

意地でもパンツを外そうとしない有素ちゃん。

やがて、これはもしかして何か絶対外せない理由でもあるのかもしれないという考えが脳裏に浮かび始めた。

だとしたら無理やり外させるのはかわいそうだと思い、どうしようか悩んだ私が数秒間無言になってしまったところ、見かねた有素ちゃんが理由を説明し始めてくれた。

「あの、玄関でも言いました通り私実は極度の照れ屋でして、目を合わせて会話するのが多分無理なのであります……」

「あ、あぁなるほど。場のノリに振り回されててあの時はネタなのかと思っちゃったんですけど、本当に照れ屋さんなんですね」

「はい、お恥ずかしながら。実はさっきからライバーの相馬有素としてふるまっているのも、完全に素の自分だと恥ずかしくてうまくおしゃべりできないからというのがありまして……」

「あ、確かにさっきから口調とか配信の時とまんまですね！」

自分の中で有素ちゃんのキャラクターイメージが強すぎるせいで今の今まで違和感を覚えなかったけど、今はオフかつ配信外。もっと自然体でもおかしくないか。

つまりなんとかこのパンツ諸々《もろもろ》の言動は、私とちゃんとおしゃべりするために計画してくれたものってこと。

そう考えるとなんだかかわいくも思えてくる……く……る…………う、うん、動機はかわいいよね！　ビジュアル面はあれだけど。

「というわけで、パンツをかぶっているわけでありますよ」

「理解はしました。でも常に目の前に変態仮面亜種みたいなのがいると私も謎の圧を感じるんですよね。試しに一回外してみません？　ほら、怖くないですから」

「ううう……目も合わなければ会話が続かない退屈な女だと思わないでありますか？」

「大丈夫。有素ちゃんが尊敬してくれている人はその程度の人間じゃないと思いますよ。ほら、おいで？」

「はいぃ……」

おどおどながらも説得を聞き入れ、ようやくパンツを頭から剝がしてくれた。お互いちゃんと顔を見るのはこれが初めてだ。

だが、ほんの一瞬だけ目が合った瞬間、有素ちゃんは顔を両手で隠して後ろに倒れこみながら悶《もだ》え始めてしまう。

「ど、どうしたの⁉」

「ああ、見てしまった、淡雪殿のご尊顔をとうとう目で見てしまったのでありますっ！」

「ご尊顔って……」

「神々《こうごう》しすぎて目がくらんでしまうのであります〜‼」

「いやだからそんな大げさな」

「っ〜‼」

一向に立ち直ることなくずっと倒れこんでじたばたしている有素ちゃん。

なんというかこれは……普通に結構かわいいな。

行動が予想の斜め上を突き抜けるのは流石《さすが》のライブオンライバーといった感じだが、根の部分は私を慕ってくれている後輩というたまらない存在だということをようやく思い出した。

少しだけだが見えた顔も、不安そうな表情をしながらも愛嬌《あいきょう》のある妹系の顔立ちで、普段の配信時とのギャップがすごい。きっと控えめな性格ではあるが、何か一枚仮面をかぶると内面をさらけ出せるタイプの子なんだろうな。

「ほら、落ち着いてくださいね？　あ、そういえば有素ちゃんって本名とかって、もしよかったら聞いていいですか？　ほら、せっかくオフで会ったんですし、改めて自己紹介でも」

「あ、えっと、厳島歩《いつくしまあゆみ》です……」

「歩ちゃんですね、私は田中雪《たなかゆき》です。よろしくね」

「な、名前で呼ばれてしまった……しかも真名まで……」

先ほどよりは落ち着いてはいるが、それでもキョドキョドしながら小声で「雪先輩……」と何度も呟《つぶや》いている有素ちゃん。

そしてふと一瞬再び目が合うと、顔を真っ赤にして俯《うつむ》いてしまう。

なんだこの生き物は、か、か、か、か。

「かわいい――‼」

「あ、淡雪殿⁉　ひゃー⁉」

かわいいの概念の集合体を目にして思わず勢いよく抱き着いてしまい、勢い余って押し倒してしまうような形になった。

「普段がそんなに初々《ういうい》しいなんてギャップ萌《も》えありすぎですよ！　卑怯《ひきょう》ですよ！　うりうりうり‼」

「あわ、あわわわわわ⁉」

感情に任せて有素ちゃんの背中や後頭部を撫《な》でまわす、そんな時だった。

「二人とも――！　お母さん張り切ってお菓子焼いちゃった！　よければ食べて……あらあら！」

お盆においしそうな甘い匂いを放つクッキー類とジュースを載せた有素ちゃんのお母様が入ってきたのだ。

――あれ？　もしかしてこの体勢って――見られたらまずい？

「あらまぁ！　今日の夕飯は大盛りのピルに決まりね！」

「いやいやいやいや！　なんですかその前代未聞《ぜんだいみもん》のメニューは⁉」

「違うよお母さん！　私は淡雪殿の種なら的中が希望であります！」

「そうじゃなくてー‼」

慌てて有素ちゃんから離れてお母様に弁明する私なのだった。


「あっ、有素ちゃん、そこっ……気持ちいぃ！」

「ここ？　ここがいいのでありますか？　ふふっ、淡雪殿の弱いところがだんだんわかってきたのであります」

「はぁ……はぁ……気持ち良すぎて体に力が入らなくなってきました……」

「いい、とてもいいですよ淡雪殿、そのまま身を任せるのであります。さぁ次は足を開いてください！　もっと気持ちよくなる性感スペシャルコースにご案内」

「あ、それは結構です」

「ちぇー」

お母様の襲撃から数分後、私は有素ちゃんのベッドにうつ伏せに寝て、腰の上には有素ちゃんが馬乗りになっていた。

別にいかがわしいことをしているなんてことはない。まず何をしようかという話になったところ、有素ちゃんがマッサージをしてくれると言ってくれたのでそれに甘えただけだ。

当然服もちゃんと着ている。

「んっ……確かにマッサージは気持ちいいですけど、別にそこまで気を使ってくれなくていいんですよ？　有素ちゃんも遊びたいでしょ？」

「大丈夫であります！　今回は淡雪殿の慰労も兼ねているつもりなので、心も体も癒やされてほしいのでありますよ。実際かなり体こってますよ、淡雪殿は配信にストイックすぎるところがありますから」

「ありがとう、ＰＣの前にずっといるからどうしてもね。人間運動もしなくちゃいけないですねーやっぱり。……ふふっ、でもこんなにマッサージが気持ちいいのなら有素ちゃんの前ならこっているのも悪くないかもしれないですね。さっきから極楽の限りですよ」

「……それって私の前だと人体をガチガチに勃起させてますっていう男性器がないなりのお誘い文句だったりするでありますか？　服脱ぎます？」

「あ、結構でーす」

色々と台無しだよもう！

ちなみに今後の有素ちゃんの私への対応は顔は隠さないけどキャラはライバーの有素のままということになった。どうやらこれが一番お互いにとって違和感なくコミュニケーションがとれる形のようだ。

「肩以外もこっているのであります。これは全身にうまくリンパが流れていないのかもしれないですね」

「リンパ？」

「はい。というわけでリンパの方流していくでありますねー。それじゃあ服脱がしまーす」

「あ、結構でーす」

「むー、どうしてでありますかー？　きっと気持ちいいでありますよリンパマッサージ？」

「別にリンパマッサージを否定しているわけではないですよ。ただ施術師が有素ちゃんだと身の危険を感じるだけです」

相変わらずの極端な愛情？を度々受け流しながらも丁寧なマッサージを堪能《たんのう》し、終わるころには自分でもびっくりするほど体が軽くなっていた。

体の疲れって自分の想像以上に負担がかかるものなんだな、今度家の近所にいいマッサージ屋さんとか整体とかないか調べてみようかな。

さーてーと、次は勿論《もちろん》ー。

「さ、次は有素ちゃんが寝てください」

「え、私でありますか？　私は別に……」

「何言ってるんですか、有素ちゃんも私と同じライバー活動をしているんですから、マッサージを受けるべきです」

「でも、今回は淡雪殿の慰労が目的なので負担をかけるわけには……」

「そもそも私は慰労が目的って言ったことないんですけどね……大丈夫、私がやりたいからやるんですよ。あんまりうまくないかもしれないですけど、痛くはしませんので」

「うーん……」

ここまで言っても有素ちゃんはイマイチ納得がいっていない様子だ。段々とわかってきたけど有素ちゃんはなにか自分で決めたことは簡単には曲げない性格なんだな。

うーんそうだなー。

「それなら、マッサージをしながら何かゲームでもしませんか？」

「ゲームでありますか？」

「はい！　ほら、それなら有素ちゃんも疲れが取れるし私も楽しめるしでＷＩＮ－ＷＩＮですよ！」

「そう……でありますかね？　いやでも」

「そう！　そうですよ！　ほらだから早くうつ伏せになって！　ほら！」

半ばごり押し気味ではあったがとりあえずマッサージの体勢に持ち込むことに成功した。

うん、私ほどではないかもしれないけど有素ちゃんも疲れが溜《た》まっているみたいだな、しっかりとほぐしていこう。

「あっ、気持ちいいでありますね……」

「そう？　よかったです、人にマッサージするのすごく久々なので」

「油断すると眠気がやってきてしまいそうです……っと、それでさっき言ってたゲームって何をするのでありますか？　こんな体勢ですからできることも少ないような」

「あー……」

やばい、勢いで言ったから正直何も考えてなかった。

なにかいいアイデアは……そうだ！

「今日ってエイプリルフールじゃないですか！」

「え？　いや、全然今日エイプリルフールじゃないでありますよ？」

「細かいことは良《い》いんです！　私たちがエイプリルフールと思った日がエイプリルフールなんですよ！　どこかのハジケリストだってエイプリルフール二日目とかやっていましたから全く問題ありません！」

「な、なるほど、了解であります！」

「そこでですね、エイプリルフールにちなんで嘘当《うそ》てゲームなんていかがですか？」

「嘘当てゲーム？」

私が即興で思いついたこのゲーム、ルールはいたって簡単で出題者と回答者に分かれ、出題者がいくつかの嘘に交えて一つだけ本当のことを告げる。次に回答者は嘘の中からその本当を当てられるかを競うというどこかで聞いたことがあるようなゲームだ。

「なるほど、完全に理解したのであります、それでは有素が出題者やってもいいでありますか？」

「どうぞどうぞ」

「それじゃあ今から挙げる三つのうち、本当のことを当ててください！」

「どんとこい！」

「1さっき淡雪殿をマッサージしてるとき隠れて○○○してました。2この後監禁予定なので淡雪殿はもう一生この家から出ることはありません。3実は私相馬有素じゃないただの一般人です」

「ぜ　ん　ぶ　う　そ　で　あ　っ　て　ほ　し　い　！　！」

どれが正解だったとしても裏でなんてことしてくれてんだこの子⁉

いやだ、正解を知りたくない！　こんなゲームするんじゃなかった！　いや、それより も早く逃げないと！

「まぁ、全部嘘でありますけどね」

「……へ？」

狼狽《うろた》えて頭を抱えていた私だが、さも当たり前かのように有素ちゃんはそう言った。

「あはは、さっき淡雪殿が今日はエイプリールフールだって言ったじゃないですか。だから嘘つきました、一つ本当のことが交じってるってとこから嘘であります」

「…………。

「こ、こらー‼」

「キャー‼　く、くすぐったいであります‼」

やっといいように振り回されたことを理解し、仕返しとして馬乗り状態からのくすぐり攻撃をお見舞いする。

じゃれているうちに有素ちゃんの服が少し乱れてしまったので、この程度にしておいてあげようかなと思ったその時だった。

「おーい二人とも！　ママが夕飯なにが食べたいかって言って――――おお？」

最悪のタイミングでお父様が部屋のドアを開けてきてしまった。

その目に映っているのは馬乗りになった私と息と服を乱している娘の姿。

ってこれって――

「おーいママー！　県内全ての産婦人科に連絡してくれ！　新たな生命の誕生だ！」

完全なるデジャブじゃねーかぁ‼

「ふぁ～……」

私の住むアパートのものより一回り大きな湯船に浸《つ》かり足を伸ばすと、思わず口から歳《とし》不相応な脱力の限りを尽くした声が漏れた。極楽のお風呂《ふろ》タイムだ。

有素家のお風呂を貸してもらっているわけだが、広いお風呂というものは最近流行の人をダメにするシリーズの元祖なのではないかと私は思う。瞬《また》く間《ま》に体からは力が抜け、湯気と共に天に昇っていく。今の私は軟体生物だ。

とりあえず初日はこのまま有素家で過ごし、二日目は有素ちゃんと外に出てこのあたりの名所などを見て回り、日が落ち始めたら新幹線で帰宅という流れで今後を過ごすことになっている。

いやぁそれにしても、ただ今の時刻は大体20時くらいなわけだが、その間にも様々な有素家特有の予測不可能な出来事が私を襲ってきた……。

例えば有素ちゃんへのマッサージが終わって、夕食をご馳走《ちそう》になった時の話。

一家団欒《だんらん》の空間にお邪魔するわけだから当然緊張していたわけだが、お母様が作ってくださった数々の料理のうち、おいしそうなハンバーグを食べ始めると思わず噴き出しそうになってしまった。

いや、決してまずかったとかそういうわけではない、むしろ味は家庭料理とは思えないかなり手の込んだ一級品だと素人《しろうと》ながらに思う。

ただ……見た目と味が全く一致しないのだ。

私が口に運んだのは見た目がハンバーグだったのだが、口の中に広がったのは肉のうまみではなく強烈な甘み。

恐らくだが今の料理は見た目だけハンバーグのザッハトルテ系のチョコレートケーキ、つまりデザートであった。

逆にチョコレートケーキに見せかけたハンバーグもあり、一流の技術と手間をネタに捧《ささ》げるその在り方にエンタメに生きる身として感銘を受けたほどだ。

有素ちゃんやお父様はそこまで大きな反応を見せなかったところを見るに、どうやら有素家は日常にもことあるごとにネタを挟まないと気が済まない性分らしい。

前に配信で『お前の家族ライブオンかよ』というコメントを見た覚えがあるが、それはどうやら正解だったようだ。

だが私も成長を知らないわけではない。対策として入浴中の今も体を休める裏では些細《ささい》な違和感でも感じ取れるよう耳と目を研ぎ澄ましているのだ。

今回の入浴にあたって一つ疑問点があるはずだ。あれ？　有素ちゃんも一緒じゃないんだ？　と。

意外にもこれは有素ちゃんの方からお断りがあったことで、「淡雪殿の神聖な裸体を私の目で穢《けが》すなど断罪物なのであります！」とのこと。

普段は超積極的なくせに変なところでシャイな傾向が本日見受けられた有素ちゃんだからこれも本心なのかもしれないが、油断は禁物。あらゆる場所からの侵入を想定しておくべきである。

「――――はっ⁉」

今微《かす》かに脱衣所から音がした気がするぞ⁉

……間違いない、これは誰かいるな。

ふふっ、甘いな有素ちゃん、今回は予想を的中させた私が一枚上手だったみたいだね。

さぁ、いつでも入ってこい！　白けた態度で迎え撃ってやる！

「とぅ！　淡雪ちゃんの若い裸体に誘われて有素ママ登場‼」

「いやそっちが来るんかーい⁉」

まさかのタオル一枚のお母様の登場に思わずツッコミを入れてしまった私なのだった。

あっ、ちなみにお母様は本当にただドッキリが目的だったらしく、流石《さすが》に風呂場に入ってくることはなく普通に帰っていきました……。


なんだかんだありつつもお風呂自体は日々の疲れを優しく溶かしてくれたことに変わりはない。

風呂上がりで寝巻に着替えた私は、火照《ほて》った体が冷やされていくことになんとも言えぬ気だるさを感じながら有素ちゃんの部屋へと戻った。この気だるさが絶妙な眠気を誘ってくるものだからむしろ心地良くもある。

「あ、おかえりなさいであります！　淡雪殿！」

「ただいまです。お風呂ありがとうございました、もうお風呂に住みたくなるくらい極楽でしたよ」

「それはよかったのであります！　淡雪殿用のお布団《ふとん》もちゃんと敷いてありますよ。敷く場所はどこでもいいと伺っていたので一番良《い》い場所に敷きました！」

そういえばお風呂に入る前にそんな会話もあったな。寝る場所を決めようとの話になったので、有素ちゃんは専用のベッドがある以上私は床でもリビングでもいっそのことソファでもどこでも大丈夫と返事をした。

急にお邪魔した私に布団を用意してくれるだけで感謝の極みだ。「ありがとうございます」と感謝を伝え、乾かした髪を整えていた状態から視線を有素ちゃんへと向けたのだが
――

「さぁ淡雪殿！　早く来るのであります！」

「…………ああ、なるほど」

部屋の状況を理解するのに数秒のロード時間が発生してしまったが、一応は答えを導き出せた。

いや本当に冷静な対応をしたことを褒めて欲しいくらいだ、今までの経験で耐性が付いていなかったらまた渾身《こんしん》のツッコミを入れてしまっていただろう。

確かに私の布団は敷いてあったのだ…………有素ちゃんのベッドの上にだが。

つまり分かりやすくすると――

有素ちゃんのベッド

有素ちゃんの掛布団《かけぶとん》
私の敷《しき》布団
私の掛布団
こう詰みあがっているわけである。
確かにどこでもいいとは言ったけどこれは予想外だったよ……というか一緒に寝たいならこんな遠回しな手段をとらずに普通に言えばいいのに……。
流石にこの状況では有素ちゃんが重なった布団の重量に押しつぶされそうだったので、有素ちゃんがお風呂に入った後、結局普通にベッドで一緒に寝ることになった。
「なんて幸運な展開……これがアリス・イン・ワンダーランドってやつでありますな！」
「はいはい、明日に備えて早く寝ましょうねー」

「すぅ……すぅ……」

ふと目が覚めると、目の前では有素ちゃんが規則正しい寝息をたてて気持ちよさそうに眠っていた。

時刻は日付が変わってから少しといった具合、どうやら私は寝ていた途中で起きてしまったみたいだな。

寝ている場所が普段と違うからだろうか？　体がまだこの就寝環境に慣れていないのかもしれない。

まぁ眠気はあるからこのまま再び目を閉じていればそのうち眠れるだろうが、それにしても喉が渇いたな。

……よし、お水を一杯だけでも飲んでくるとしよう。このままでは喉の渇きが気になってなおさらうまく寝られなさそうだ。

有素ちゃんを起こさないように静かに体をベッドから下ろし、部屋を出る。

一階のキッチンへと向かう廊下を歩いていると、急に背後から声が聞こえてきた。

「あら？」

「ひゃ⁉」

電気が消された暗闇の中でのことだったためらしくない声を上げてしまったが、振り向いてみるとそこには有素ちゃんのお母様が寝間着姿で立っていた。

「あ、ああ、お母様でしたか」

「ええ、こんな時間にどうしたの？　もしかして眠れない？」

「いえ、喉が渇いたのでお水を頂こうかと。お母様は今からご就寝ですか？」

「うん、そうよ。旦那は先に眠っているけどね」

「そうですか……」

それっきり会話が途切れてしまう。なんとも言えない気まずさを感じていると、お母様は少し考える様子を見せた後、「そうだ！」と小さく声を上げた。

「ねぇ、せっかくだし本格的に寝る前に二人で話でもしない？」

「話ですか？」

「ほんの少しだけだからさ、お水飲みながら！　ね？」

「ええ、勿論《もちろん》大丈夫ですよ」

お互い食事にも使ったテーブルで用意した飲み物と共に向かい合う。

「話っていうのはね、歩はちゃんとうまくやれているのか気になるの」

開口一番お母様が発したのは親御さんとしての心配の念だった。

「ほら、あの子って私が言うのもなんだけど癖が強いじゃない？　ちゃんと馴染《なじ》めてるのかなーって気になってね」

その表情と口調は完全に子を心配している親そのものだ。あれだけエキセントリックな方でも、やっぱり我が子がかわいいことには変わりないのだろう。

「現状は問題ないと思いますよ。有素ちゃんは四期生なので私も完全には把握しきれてないですが、問題が起こったなんて話は聞いたことがないです」

「ほんと？　よかったぁー！　歩って私たちの血を受け継いでいるからか本当に無尽蔵の元気を持っている子でね、まぁそんなところもかわいくはあるんだけど、まだ足りないまだ足りないってひたすら己の心を満たすものを追い続ける傾向があるのよ」

「それはなんというか、すごく納得です」

「でしょー？　だからちゃんと周囲に馴染めているかママ心配で心配で……なんだかんだ今日まですくすく育ってくれたから心配性になりすぎなのかもしれないけど」

「ははは、きっと大丈夫ですよ。少なくともライブオンは普通の人が逆に浮くくらいのカオス環境ですから、主観にはなりますが有素ちゃんは楽しそうにやってますよ」

「それなら安心したわー！　……本当はもっとお話ししたいけれど、もう夜も遅いわね。寝る前に邪魔しちゃってごめんね。それじゃあおやすみなさい」

「はい、おやすみなさい」

お母様と別れ、私は部屋に戻り、ベッドにもぐりこむ。

そして隣ですやすやと眠っている有素ちゃんの頭を一度撫《な》で、私も再び瞼《まぶた》を閉じたのだった。

有素ちゃん家《ち》にお泊り二日目、朝食を食べた私と有素ちゃんは早速程よく涼しい風が吹く外を歩いていた。

今日はお待ちかねの観光をする日だ！　このまま遊んだ後、直で新幹線に乗る予定なので、もうご両親にお世話になりましたとお礼も済ませてある。

「それではついてきてください！　……でも、本当に行き先を私が決めてしまってよかったんですか？」

「はい、現地の人が一番おすすめするものを私は触れたいんですよ」

「なるほど、承知いたしました。それでは精いっぱいエスコートしますね！」

「ありがとうございます。それでは、はい！」

「……ん？」

私が差し出した片手を不思議そうな目で見つめる有素ちゃん。ふふっ、自分の予想外なことに関してはニブいんだな、この子は。

「エスコートしてくれるんでしょう？　それなら手くらい繋《つな》いでもらわないと、私はぐれてしまうかもしれませんね」

「ッ⁉　し、失礼しました！　もう全力で握ります！　一生握り続けます！　いっそのこと縫い合わせて離れられないようにしましょう！」

「もうそれ完全にホラーですからね、普通の人はドン引きですよ……まぁ私は慣れたのでいいですけど」

エスコートを申し出てくれた有素ちゃんに手を引かれながら羽を伸ばして観光を楽しむ。

人目がある以上外では身バレ対策でお互い雪と歩モードだ。様々なおいしい名物料理や観光地を案内してくれる歩ちゃんだが、照れ屋を隠す仮面を全て失っているせいか妙にキョドキョドしいのが少し面白い。

それにしても見たことのないものや食べたことがないものに初めて触れるというのは、歳《とし》をとると共に新鮮味が増していくものだな。旅行が趣味とかならそうでもないのかもしれないけど、旅行自体ちゃみちゃんと遊園地に行って以来の私にとっては一つ一つに大きく心が動かされるものがある。

初めて触れるものに溢《あふ》れていて何も知らなかった子供時代とは明らかに感動の質が違う。旅行、良いものだな、今度は同期か先輩でも誘っていってみようかな。

お日様が勤務時間の終わりを間近に控え、お腹《なか》も膨れて足も程よく疲労感に包まれてきたころ、ふと歩ちゃんがこんなことを提案してきた。

これは完全に自分のわがままで観光とか関係ないのだが、よければ小一時間私と一緒にカラオケで歌ってみたいとのこと。

更に話を聞くと、歩ちゃんは私と一緒に歌うことに大きな憧れを持ってくれていたみたいで、今は絶好の機会だから誘ってくれたようだ。

当然私も断る理由などない。ここまでお世話になった恩もあるし、そもそも私も歩ちゃんと歌ってみたい。個人的に何度も歌動画のリピートが止まらないほど歩ちゃんは歌が上手《うま》いのだ、こちらこそ光栄である。

二人で一緒に歌える曲をメインにお互い羽目を外して声を張り上げる。

「雪先輩はやっぱり私と比べて声に迫力がありますね。声質の違いなのでしょうか？　それとも何か発声法とかあったりしますか？」

「ん〜どうでしょう？　なんというかお腹の……」

「お腹から声を出す感じですか？　私も気を付けているつもりなんですけど、上手くできていないのでしょうか……」

「いや、ちょっと違って、なんというか……お腹の中のスト○○から声を出す感じですかね？　プシュって感じで」

「雪先輩、もしかして体内でスト〇〇が臓器化していませんか？　とても常人の発声法とは思えないのですが……」

歌を楽しんでいる間も容赦なく時間は過ぎていく。あっという間にカラオケの時間は終わり、とうとう駅でお別れの時間がきてしまった。

名残惜しくて仕方ないが、改札前で歩ちゃんに別れの挨拶を告げる。

「突然のお願いだったにもかかわらず、今日は本当にありがとうございました。思い出に残る素敵な二日間でした」

「いえいえ！　もう実家だと思ってまたバシバシ来てください！　もういっそのこと嫁ぎましょう！」

「ふふっ、魅力的な提案ですね。でも今度はぜひ私の家に足を運んでみてください。一人暮らしなので愉快な家族はいないですけど、歓迎しますよ」

「は、はい！　絶対に行きます！　むしろ今から行きます！　私が嫁ぎます！」

「あ、あはは……外に出て口調も違ってもやっぱり中身はいつも通りですね……」

本当についてこようとする歩ちゃんをなんとか押し留め、最後に私は深夜にお母様と話した時から気になっていたことを聞くことにした。

「歩ちゃんはさ、ご両親のことどう思ってる？」

「お父さんとお母さんですか？　どうして急に？」

「いや、えっと……そうだ！　あんなに楽しいご家族と毎日暮らしているとどんな風に感じるようになるのかなって少し気になりまして！」

「はぁ、そうですね……たまにおせっかいというか、一人で過ごしたくなる時もなくはないですけど……なんだかんだ居てくれないと困る存在ですかね。あはは、身近な人過ぎてなんかこういうの照れくさいですよね、とても本人には言えないです」

「――良《い》いご両親に恵まれたんですね。大切にするんですよ」

「へ？　それは勿論ですけど？」

私がそう言うと、なにを当然のこと聞いているんだろうといった反応を歩ちゃんは返してくれた。

「――はい」

その様子を見て完全に満足した私は、「またね」の言葉と共に改札を抜けて新幹線へと乗り込んだ。

さて、休暇も満喫したし、明日からまた配信がんばりますか！

ネコマ先輩とクソゲー

有素ちゃんとのお泊りから帰ってきた翌日、なんと本日はネコマ先輩からコラボ配信のお誘いをいただいちゃいました！

聖様も昨日の夜から配信を再開したし、ちょっと安心して配信に挑めそうだ。やっぱりライバー本人も本気で配信内容に挑んでこそ、リスナーさんを楽しませることができるからね。

それじゃあ本日の配信、開幕です！

「にゃにゃーん！　今日も飼い主の皆に人類史に残された汚物を紹介するネコマだぞ！」

そして更に今回はスペシャルゲスト！」

「皆様こんばんは、今日もよい淡雪が降っていますね。心音淡雪です」

：キタ――――（。∀。）――――!!　淡雪ちゃんだ!!

：狩りに出かけた飼い猫がスト○○を捕ってきたようです

：飼い主一同大困惑

：これはシュワちゃんじゃなくてあわちゃんだからネコマが捕ってきたのは清楚《せいそ》な美少女

：飼い主一同大歓喜だぞ

「そういえば、度々コメント欄とか大規模コラボ企画でご一緒させてもらったことはあったけど、一対一でのコラボは初めてですね！　どうですかネコマ先輩？　晴先輩にも認められたこの淡雪のカリスマ感は！」

「んー、そうだなぁ、フレーメン反応が止まらないかなぁ。ネコマーを誘惑するやばい香りがプンプンするよ！」

「そうでしょうそうでしょう！　せいぜいこの清楚な色香に惑わされないでくださいね！ところでフレーメン反応ってなんでしたっけ？」

「フレーメン反応はね、猫とか一定の動物が主に臭いものを嗅いだ時にする生理現象のことだぞ！」

「殴りますよ？」

「ネコマのような希少生物を殴ったら組長が出てくるぞ？」

「言葉濁さず素直に死刑って言ってくださいよ」

「にゃ!?　いくらネコマでも組長が来る＝死刑とまでは考えていなかったぞ!?」

さて、改めて昼寝《ひるね》ネコマ先輩の簡単な紹介をすると、このちっちゃな獣っ娘はなぜかこの人類が生み出した英知の結晶があふれる素晴らしい世の中において、人類史の汚点とも思えるようなクソゲー、クソ映画などをこよなく愛している汚物ジャンキーだ。

もうこの時点でああ、ライブオンだなーって感じするよね……。

普段から前記の好物を飼い主ことリスナーさんに紹介する配信をよくしているのだが、やっぱりリアクション役がいると盛り上がるのがエンタメだ。なのでたまにゲストを招いており、今日は私がお呼ばれされた次第。

現段階でろくでもないものを紹介されることは目に見えているうえに今日は休肝日。正直気が気ではなかったが、憧れの先輩にお呼ばれした喜びが大きすぎて断る選択肢はなかった。頑張ろう……。それに、実はネコマ先輩に聞きたかったこともあったから、その点では丁度よかった。配信外にそれも聞いてみよう。

「んじゃあ挨拶はこのくらいにして本題入るかねー。今日淡雪ちゃんに紹介するのはゲームだよ！」

「神ゲーを希望します」

「勿論《もちろん》やるのはクソゲーだぞ！」

「……今からでもいいんでアニカーとかに変更しません？　そっちの方が絶対楽しいですって」

「ごめんな淡雪ちゃん、ネコマはもうクソゲーじゃないと満足できない体になってしまっているんだ」
「特殊な体してますね……」
「スト〇〇ガンギマリで人格変わる君にだけは言われたくないぞ」
::ライブオンの採用基準に何かにガンギマッテいることが入ってそう
::面接官「まず志望動機とガンギマッテいることを教えてください」
::草
::じゃあクソ映画ならええんちゃう?
「いや、私が避けたいのはクソな部分なのでそれだと大して変わらないですよ……」
::じゃあポルノ映画にしよう。これなら淡雪ちゃんも大喜び
::BAN不可避
::つい最近同期が収益化ごとやられたのに一切教訓を得ないの草
::動物の交尾映像とか言えば許してくれるでしょ。多分。恐らくは。知らんけど
::ネコマー繋《つな》がりで獣っ娘モノ見ようぜ
::ネコマも同族のにゃんにゃん映像にニッコリ、皆幸せだ
「にゃにゃ、淡雪ちゃんならまだしもネコマーはそんなものじゃあ満足できないぞ! そ

もそも獣っ娘AVなんて一種のコスプレものと変わらないだろー」

「さりげなく私を変態サイドに置かないでください。今日の私は清楚ですから！」

：いや、ちゃんと女優さんに本物の耳と尻尾が付いてたぞ？　おかげでシコリティが高かった
「にゃにゃ⁉　おい今のリスナー、今すぐその映像を世界の研究機関に提出しなさい。シコってる場合じゃないんだよ」

「まぁお下品な会話ですこと！　わたくし呆《あき》れてしまいますわ！」

「君も研究機関行きにしてやろうか？」

：世紀の大発見してて草
：AVだから世紀の大発見と同時に性器の大発見してたんやろなぁ
「話を戻して……淡雪ちゃん。実は今回のゲームはクソゲーはクソゲーでも、いつもの企画で紹介しているものとは一味違った特別製なんだ」

「え、そうなんですか？　特別ってどんなところが？」

「淡雪ちゃん、ちょっとネコマの自分語り聞いてもらってもいいか？」

「いやです」

「即答で拒否⁉　淡雪ちゃん、それは晴のライブであの激エモの自分語りを即答で拒否し

たのと実質同じだぞ！　会場から大ブーイング間違いなしだ！　晴も悲しくて号泣しちゃうぞ！」
「晴先輩みたいな激エモな話なんですか？」
「にゃにゃ！　もう感動し過ぎて放心状態間違いなしだぞ！　A*Rの最終回と同じくらい感動する！　ゴールするやつ！」
「それはやべぇですね、脱水症状で死なないようにスト○○用意しておくべきだったかもしれません」
：イヤイヤ期の淡雪ちゃんすこ
：すくすく成長しているようでなにより
：晴「曲名は『自分語り』聴いてください」淡雪「いやです」晴「!?」
：想像するとめっちゃ草
：会場から淡雪ちゃんに向かってスト○○の空き缶投げ込まれそう
：ペンライトみたいな感覚でライブに空き缶持ってくるな
：ネコマーの自分語りとか絶対クソだぞ
「あのな淡雪ちゃんや、このネコマは黒歴史に魅入られてからというもの、古今東西あらゆるクソゲーやクソ映画を楽しんできた」

「ええ、よく知っていますよ。ご愁傷様です」

「ご愁傷様……？　ま、まぁいっか。それでな、正直な話、最近飽和状態になってしまったんだよ」

「飽和といいますと？」

「やり尽くしたとも言えるな。勿論この世の全てのクソゲーやクソ映画を楽しんだわけではないが、有名どころは網羅してしまった。この業界で有名ということはそれだけクソ要素が強いということ。マイナーなやつを探し出しても有名どころに比べると全然普通な出来に感じて、ネコマはイマイチ感動に欠けるようになってしまったんだぞ……勿論新作が出るわけだからこれからも黒歴史は紡《つむ》がれていくわけだが、最後の剣みたいな大名作が毎年出るわけじゃない。むしろ映画はまだしも、ゲームは年々技術の成長による開発にかかるコストの上昇に沿って、生半可な気持ちや体制じゃ足を踏み込めない業界になった。正直今のクソゲーは大半が普通に遊べてしまう」

「普通に遊べないゲームの方がおかしいんですよ」

「だけどな、ネコマはクソ映画だけじゃなく同じくらいクソゲーも大好きなんだ！　クソ映画の目を逸《そ》らしたくなるような映像を無理やり見せられる苦痛も好きだが、クソゲーの自ら苦痛に足をつっこんで進まないといけない形態もこれまた官能的……ネコマはクソゲーの衰退なんて見たくない。永久に黒歴史を紡いでいってほしい……」

「聞いてないし……」

「そんなこんなで、愛すべきクソゲーの未来を嘆いていたネコマだったが、ある時、その愛が神様に届いたのか、脳天に雷が直撃したかのような衝撃的な天啓の如き閃《ひらめ》きがあった！」

「ほぉ、その閃きとは？」

「クソゲーが足りないなら自分で作っちゃえばいいんだにゃ‼」

「マタタビでもキメましたか？」

「あ、あれ？　おかしい、今のところが一番の感動ポイントだったんだが反応が予想と違うぞ？　ゴールしてないのか？」

「ゴールどころか私の反対方向に歩いていくから困惑しかできなかったですよ。どこ行くねーんって感じです」

「淡雪ちゃんって変わった感性してるんだな……」

「その言葉そのままお返ししますよ。全く、晴先輩の自分語りを見習ってください！」

「ちょっとその時の晴の再現してもらっていいか？」

「いいですよ、こほんっ。♪――――♪」

「あーそうそう！　そんな感じだった！　ＦＯＯ！　流石《さすが》ライブオンの一期生はかっこいいぞー！」
〈朝霧晴《あさぎり》〉：いやあぁぁー‼　やめてえぇー‼　こんなところで晒《さら》さないでえぇぇぇ‼
：草
：晴ちゃん！
：突然の組織的精神攻撃で草。照れるハレルンかわいい
：滅多に見られない貴重なガチ照れハレルン
：唯一と言っていいほどの弱点だからな
：淡雪ちゃんことあるごとにこのネタ擦《こす》ってハレルンいじろうとするの仲良しですこ
：脱〇ハーブはまずいですよ！
たまたま見に来てくれたのかな？
「まぁ話を戻して、映画はネコマ達には厳しいかもしれないけど、商業目的じゃないフリーの同人ゲームだったらネコマでも作れるんじゃね？　と思ったわけだな！　そして当然自主制作だからネコマの好きなようにゲームを作っていいということ……」
「ネコマ先輩の好きなように？　ま、まさか⁉」
「さぁ！　ここで今回の詳細な企画の説明だ！　淡雪ちゃんには今から『ネコマが作った

渾身《こんしん》のクソゲーをプレイ』してもらうぞ！」

お待たせしましたとばかりに宣言するネコマ先輩。対照的に私の顔からは血の気が引いていくのが分かる。

「ちょっと待ってくださいネコマ先輩！　私は今日クソゲーをやるとだけ説明を受けて来たんですよ!?　話が違います！」

「うん、だから『ネコマの作った』クソゲーをやってもらうんだぞ。嘘《うそ》はついてないぞ」

「そんな……」

「よっしゃ！　そんなわけで淡雪ちゃん、そろそろゲーム始めるぞ！」

「い、嫌だ！　ネコマ先輩の作ったゲームなんてこの世で一番汚物に近い電子のゴミに違いない！」

「とんでもなく辛辣なこと言ったな……清楚《せいそ》とは……」

有無を言わさず画面に表示されるゲーム画面。どうやら悪戯《いたずら》好きの猫に開幕、いやそれ以前から振り回されていたようだ。

ここからもきっと配信終了まで予想だにしないことの連続だろう。私は負けないぞとばかりに姿勢を正し、気合いを入れるのだった。

晴先輩見ていてください！　私のライブオンで鍛えられたメンタルでクソゲーなんてあ

っという間にクリアしてみせます！

……というか、何回会話の中でクソって単語がでるんだよ……。

「今日淡雪ちゃんにプレイしてもらうゲームはこれ！『ネコマークエスト』だぞ！」

もう待ちきれないといった様子で画面に表示されたゲームのタイトルを読み上げるネコマ先輩。

ファンタジーチックな背景やこのタイトル……なんだか既視感があるな……。

「これって某ドラゴンな名作ＲＰＧじゃないですか？」

「にゃはは、まぁ元ネタ分かっちゃうよな。実際２Ｄの見下ろし型ＲＰＧだからゲームシステムは初期のそれの丸パクリだぞ。でも大丈夫だ！　元ネタがどれだけ名作でもちゃんとネコマの手でクソゲー化してあるからそこは心配いらないぞ！」

「なおさら心配になったんですが……あとＲＰＧって……配信時間足りますかね？」

ＲＰＧとなるとどうしてもクリアまでが長い印象がある。プレイするにしてもゲームの魅力というか……汚点？　をあまり披露できないのではないかと配信者としての不安に駆られたが、ネコマ先輩の反応を見るにどうやら問題ないようだった。

「いや、ＲＰＧとは言っても割とサクッと終わるぞ。普通に進めれば１時間ちょいあればクリアできるはず。ネコマもゲーム作るのはこれが始めてだったからな、そんなに凝ったものは作れない」

「なるほど、心から安心しました。苦行がすぐに終わってくれることに」

「あ、あれ？　配信時間の心配をしていたはずじゃ……まぁいいか。実際今回のネコマークエストは初のゲーム作りってこともあって試験的な側面があってな。本格的なクソゲーと言うよりは、オリジナル要素の中にネコマの好きなクソゲーのパロディを織り交ぜたバカゲーと思ってくれてもいいぞ。RPGデキールで作ったんだけどこのボリュームでも冗談抜きで大変だった……」

「その労力をもっと他のところに使うことをお勧めしたいですが……今のところおかしな点はありませんね。いやタイトル画面でおかしかったらゲーム開始以前に画面ごと叩《たた》き割《わ》りますけど」

「モニター君のこと労《いた》わってせめてアンインストールにしてあげて」

：俺もネコマーのゲームやりたい！

：一般配布希望

：とんでもないウイルス仕込まれてそう

：ネコマーから貰《もら》うウイルスとかご褒美《ほうび》なんだよなぁ。ＰＣが再起不能になるくらいめちゃくちゃにしてほしい

：ネコマーの飼い主訓練されすぎでは？

：飼い主の方が躾《しつ》けられているのか……

：ウイルスで思い出したけど、俺の昔のノーパソがウイルス対策とか一切せずにずっと使ってたらありとあらゆるウイルスにやられて、最終的にウイルスの培養所みたいになってた￥500
：えええ……

：PCのウイルスを飼育するのは斬新で草
「あと、何気にBGMがすごくいいですね」

タイトル画面に流れているBGMは同じメロディの繰り返しで構成されてシンプルな曲だったが、なんとも耳触《みみざわ》りが良くずっと聞いていたくなる落ち着いた曲だった。

「どこかのサイトのフリーBGMですか？」

「いや、それはこのゲームの為《ため》に晴が作ってくれたオリジナル曲だぞ！」

「はぁ!?」

予想外の発言に思わず驚きの声をあげてしまう。

「晴先輩が!?　わざわざ作曲したんですか!?」

「おうよ！　頼んだら一晩でやってくれたぞ！」

「こんなネコマ先輩の排泄《はいせつ》物の為に⁉」
「さっきから罵倒が汚いにゃー」
〈朝霧晴〉：いぇーい！
：これが本当の才能をドブに捨てるってやつか
：あわちゃんのツッコミだとネコマーが配信で漏らしたみたいに聞こえて草
：まぁゲロ吐いた人も隣にいるんやし漏らすくらいいいでしょ
：俺らの推しきったねぇなぁ
：草
：〈朝霧晴〉曲名はプレブリュリュリュリュリュードだよ
：トイレで流れてそう
さっき晴先輩なんで見に来てくれたんだろうって思ったけどまさかの共犯者かよ！　クソゲーにブチギレる私を見てネコマ先輩と一緒に楽しむつもりなんだな！
……さっき心の中で見ていてくださいとか言ったけど前言撤回！　見るな！　お家《うち》帰れ！
今度リスナーさんとライブ映像の同時視聴企画でもやって復讐《ふくしゅう》してやろう。
「やっぱりクソゲーと言えば謎にBGMがいい傾向があるからな！　晴の協力には感謝だぞ！」

「だめだ、このままじゃ最後までツッコミが持たない、もうゲーム始めちゃおう……」

意を決して『はじめから』のボタンを押す。

すると、真っ黒な空間の中央に何か不思議な光がまるで鼓動しているように膨縮している映像が流れ始めた。

「これはもしかして……オープニング的なやつでしょうか？」

「そのとーり！」

しばらく眺めていると、その光の鼓動は弱くなっていき、やがて数秒止まったかと思いきや、突如爆発したかのように画面を覆いつくした。

そしてその光が晴れたとき、広がっていたのはよく見る見下ろし型のゲーム画面だった。

「なんだか意味深なオープニングでしたね……何かの伏線なのでしょうか？」

「にゃははは！」

笑うだけで何も語ろうとはしないネコマ先輩。

ちゃんとストーリーとかも組まれているということかな？　だとしたら少しはクリアまでのモチベーションになるんだけど……。

……この光……なんだか既視感が……

……ロマン……理不尽……おっさん……うっ、頭が

「あっ、もう動かせますね。ここは町の中でしょうか？」

「いよいよゲーム開始だ！　まずは上に王城があるからそっちに向かって王様から物語の目的を聞いてくれ」

「普通のゲームならワクワクするんですけど、クソゲーが始まるかと思うと気が重くて行きたくないですね……。下に行ってもいいですか？」

「別にいいけど、そっちは町の外に出るぞ？」

「なにか問題があるんですか？」

「王様から話を聞くフラグを立てないまま外に出るとフリーズするぞ？」

「フリーズするの⁉」

「おうよ！」

「始まりの町がある意味ウォ〇ルマリアより危険な場所でびっくりなんですが……。というかそれバグですよね？　それくらい直してくださいよ」

「いや、自分で仕込んだ」

「ケツの穴に尻尾ねじ込むぞ」

「にゃにゃ⁉　ついにツッコミから脅迫に変わってきたぞ⁉　これはあれだよ！　毒をもって毒を制するってやつだ！」

「ネコマ先輩にとってはそうでも私にとっては毒をもられただけなんですよ。ポイズンヒールの特性は持ってないんですよ私は」

いきなり文句たらたらになってしまいそうになったが、まぁこれくらいなら王様と話すだけでいい話だから素直に王城へと歩いていく。

「この町のBGMも晴先輩の作曲ですか？」

「いや、こっからはフリーのやつを借りさせてもらってる。全曲作曲は流石《さすが》に晴に負担がかかるからな」

「一曲だけでもこんなゲームの為に作曲させるのは土下座ものですよ」

「作曲は晴からの提案だぞ？　ゲーム作ろうと思ってるって話をしたらじゃあ曲作るわって」

「天才とバカは紙一重ってやつでしょうかね……」

道中は特に問題なく王様の元にたどり着いた。聞かされたのは要約すると『魔王のせいで世界が危ないから勇者の力を持つ君が倒してきてくれ』みたいな、王道過ぎてリアクションに困るレベルの話。

「にゃにゃ、もう町の外に出ても大丈夫だぞー」

「了解です、それじゃあ早速壁の外に行きますか」

真っすぐ町の出口を抜けると、画面が暗転した。町は外とシームレスに繋《つな》がってはいなかったから、ワールドマップに出る感じかな？

そして暗転画面のまま5秒……10秒……。

「あの……これフリーズしてません？　画面真っ黒のまま動かないんですけど……」

「いや、これはただのロード時間だぞ！」

「そうですか……」

そして更に20秒程待つと、やっと画面に色が返ってきた。

「お、ワールドマップに出たな」

「あの……ちょっとだけ試したいことがあるので町に戻ってもいいですか？」

「にゃ？　勿論《もちろん》それくらいなら全然いいぞ！」

この長いロード時間を見て、私にはある予感が過《よぎ》り、ネコマ先輩に許可をとって町に戻る。

最初は初のワールドマップだからロードが長かったのかな？　と思ったけど、これはネコマ先輩の作ったゲーム、まさか——

画面が再び暗転し、答え合わせとばかりに虚無の時間が流れる。

5秒……10秒……。

スゥ――――――ッ。

「ネコマ先輩」

「にゃ」

「このクソ長ロード時間……毎回ですか？」

「うん」

「わざと仕込んだ？」

「うん」

「なるほどそうですかそうですか。よし、法廷で会いましょう」

「一周回ってキレ方が清楚《せいそ》になってて恐怖を感じるにゃ」

「そりゃあキレますよ！　だって私たち配信者なんですよ⁉　ロードで画面が黒くなるたびに30秒フリートークで場を繋げってか⁉　できないことはないけどゲームと行ったり来たりで疲れるわ！　そんなの当たり前のようにできるのはタ〇リさんくらいなんだよ！」

「にゅふふ、黒い画面だけにタ〇リさんってな」

「……え？」

「あっ、今のはタ〇リさんのトレードマークがサングラスだから、ロード画面が黒いこととサングラスを通した視界が黒いことをかけてて……伝わらなくてごめんなさい……」

「昨日配信者デビューした新人かお前は⁉　そんなトークスキルでこのクソ長ロードを乗り切れるわけないだろうが‼　制作者が一番配信者殺しもろにくらっててどうする⁉」

「にゃはは！　流石に冗談だぞ！　淡雪ちゃんの反応が良くて楽しくなっちゃってな！」

「むーっ！」

「今のは褒めてるんだぞ？　リアクションがいいことは配信者にとって大切な才能だからな。この配信でリスナーが喜んでくれているのもその才能のおかげだろ？」

「そうかもしれないですけど、今更褒められても……まぁいいや、試したかったことは終わったので町の外に戻りますね」

「あっ、ちょっと待った！」

「へ？」

ロードも終わって完全に気が抜けていたため、ネコマ先輩の制止で止まることができずそのまま町の外に出てしまう。

「ど、どうしました？」

「どうもこうも、フリーズしたぞ！」

「はぁ⁉」

フリーズ⁉　今ので⁉　なんで⁉　何もしてないじゃん‼

「ほら、さっき王様から話を聞くフラグ立てないと外に出たらフリーズするって言っただろ？」

「え？　でもそれはさっきやったじゃないですか！」

「えっとな、あれは初回だけじゃなくて毎回やらないとだめなんだよ」

え？　初回だけじゃない？

……………………。

「グガアアアアアアアアアァ――‼」

「にゃにゃ⁉　やばい！　淡雪ちゃんのリアクションがとうとうバ〇オのゾンビみたいになってる！　ほら落ち着いて！　深呼吸してー」

「すー……はー……すー……はー……」

「よーしいい子だ！　まぁ実際のところこれはロード時間を３０００００時間に設定してあるだけでフリーズじゃないんだけどな！　にゃはは！」

「ヒヒッヒッヒッヒハァー！　ヒヒッヒッヒッヒハァー！」

「今度は呼吸音がバ〇オ４のリヘナラ〇ールみたいに⁉」

：懐《なつ》かしいなぁ、４は名作
〈朝霧晴〉：リヘナラたんかわいいから好き

：アイアンメイデンちゃんの方がかわいいんだよなぁ
〈朝霧晴〉：は？　あんな剛毛すぎてハリセンボンみたいになってるやつよりツルツル美肌のリヘナラたんの方がかわいいに決まってるでしょ？
：天才（笑）なせいで美醜感覚バグってますよｗｗｗ
〈朝霧晴〉：どうせリヘナラたんがかわいすぎるからギリギリ手が届きそうな方に逃げてるだけでしょ。そんな考えだから多分メイデンもお前のこと嫌いだよｗｗｗ
：アシュリー派です
〈朝霧晴〉：ぇ……アシュリー派とかまじかよ、特殊性癖すぎんか？
：村長派ならかろうじて分かるけどアシュリーはやべぇよやべぇよ……
：民主主義の闇を見た
　開幕から出鼻をくじかれまくりながらもようやく始まったネコマークエスト。
　どうやら魔王が居るであろう魔王城の他に二つのミニダンジョンがあるようで、いきなり魔王城に行くこともできるが、ミニダンジョンをクリアして仲間と装備とレベルを整えてから挑むのが難易度的におすすめらしい。
「それじゃあこっちのミニダンジョンから行きますか」
　ダンジョンまでの道中敵とエンカウントすることもあったが、至って普通……ターン制のよくあるバトルシステムなのだが、基本は殴って体力が減ってきたら傷薬で回復するだけでなんとかなってしまった。魔法なんかも覚えたけど使わなくて全然いける。

「意外と簡単ですね」

少し安心してそんなことを言った直後になんか『さらまんど』とかいう敵にエンカウントして『かりうを投げつけてきた』とかいう意味不明な攻撃をくらったら一切の行動ができなくなったあげくなぶり殺しにされてキレかけたが、なんとかテイク2でミニダンジョンまで到達できた。

「やっと着いた……ロード時間とか探偵の才能がない掟上《おきてがみ》今〇子みたいな王様とかのせいで時間かかりましたね……あとさらまんどは絶対に許しません、かりうってなんだよ」

「かりうの元ネタは『星を〇るひと』ってゲームだぞ、みんな要チェックだ！」

「あー……だいぶ昔にネコマ先輩が配信で紹介しているのを見たことがあるかもしれませんね……」

そんな雑談をしながらダンジョンに入ると、入り口付近で同じくこのダンジョンを攻略しようとしていた聖職者の『ダニー』というキャラクターに出会い、意気投合して仲間になってくれる展開になった。

「お、パーティーメンバーが増えた！　これでかりうをくらってもなんとかなりますね！」

「ダニーは回復魔法が得意なヒーラーだぞ！」

ダニーはかなり優秀なキャラクターだった。攻撃力はかなり低いし行動は自動で選ばれるから自分で指示することはできないが、単体回復魔法の『ヒール』が使える為《ため》、傷ついたら回復してくれる味方がいるだけで傷薬の消費は圧倒的に減る。危なげなくダンジョンをクリアして強力な武器『勇者の剣』を入手することができた。

初めてゲームが順調に進んだことに感動していた私だったが――ダンジョンの帰り道にそれは起こった。

ダンジョンを攻略して加入段階からレベルが上がってきたダニーはその次に新たなる魔法として『ジャッジメント』を習得した。

ジャッジメントは敵単体を当たりさえすれば即死させる効果を持つ魔法で、これで攻撃にも参加できるようになるかと期待したのだが……覚えた直後の戦闘で絶句することになる。

敵から攻撃をくらい、いつもなら回復魔法をかけてくれる場面で、ダニーが私にジャッジメントを唱えて即死させてきたのである。

「ネコマ先輩――これは？」

「にゃはは、実はこのダニーはダメージを受けた味方がいるときにそいつに覚えている最上位魔法を使うようプログラムされていてな。今までだったら最上位がヒールだったからよかったけど、今はジャッジメントが最上位だから容赦なく味方の弱ったところを殺しにくるわけだな」

「とんでもないサイコパスじゃねーか‼　え、じゃあここから次の回復魔法を覚えるまでずっとダニーは味方に即死魔法を唱えるこ○すばですら見ないような変人になるわけですか⁉」

「いや、もう回復魔法は覚えないぞ。次に覚える『ラストジャッジメント』が最後だ。効果は全体即死だな。これを覚えるとダニーは敵味方関係なく全体即死を連発する殺戮《さつりく》マシーンになるぞ」

「闇落ちしてんじゃねーか。ヒーラーどうした」

「まぁ当然ＭＰがなかったら魔法を使わずに攻撃するぞ。雀《すずめ》の涙ほどの威力だが」

「あぁなるほど……まぁそれなら肉壁にはなってくれるかな」

「ちなみに経験値は分配式だから、ダニーを殺すと経験値を独り占めできるぞ」

「よしダニー、お前パーティー降りろ」

私は容赦なくダニーに攻撃するのだった。

・・全体即死覚えるのに全体回復覚えないの草
・・殺意が高すぎる
・・弱った味方には即死が失敗してもMPが枯れるまで連打してくるのに、自力の傷薬で回復した途端味方面《づら》に戻るの腹筋崩壊した
・・ラストジャッジメント覚えた皆殺しのダニーみたい
・・ヒールはヒールでも悪役の方のヒールだったか

「にゃにゃーん！　んじゃあもう片方のダンジョンも行っちゃうか！」

「一回町に戻って回復アイテムの補充だけしますね。……どうせろくでもないダンジョンだと思いますけど」


結論、ろくでもなかった。

二つ目のミニダンジョンでも新しい仲間『グレッグ』がパーティーに加入したのだが、こいつがダニーに勝るとも劣らない逸材だった。

このグレッグ、どうやら剣闘士らしく見た目も性能もタフな男であり、専用技の『かばう』を使うことで敵の攻撃を自らに集中させることができた。

それだけなら非常に有能なキャラクターなのだが、このグレッグ、自分の体力が最大値から1でも減っていたら回復アイテムを使うようにプログラムされていた。
そして重要なのはこの回復アイテムの出どころ――なんとそれは私のアイテム欄からになっていたのだ！
当然ダニーと同じく行動を指示することはできない。つまりこのグレッグが戦闘に参加するだけでせっかく集めた回復アイテムがあっという間に食い散らかされるのだ。
ちなみにネコマ先輩の話によると手元の回復アイテムが全部無くなるとかばうの代わりに『なすりつけ』というグレッグへの攻撃を他の味方に移す行動しかとらなくなるらしい。
このクソゲーにこのクソ野郎あり、当然ダニーと同じく常に死んでもらうのだった。
：こいつら実は魔王の手先だろ
：スパイ疑惑で草
：ハイポ王子を見習えよ
：実質一人旅なんだよなぁ
：ダニー？　グレッグ？　どこかで聞き覚えが……
そしてミニダンジョンもクリアし、とうとう魔王城の目の前まで着いた。
ようやく見えたゲームクリア――ここまでの冒険の成果はダンジョンクリア報酬の勇者

の剣と勇者の鎧《よろい》、そして二人分の死体。

「余計な荷物が目につきますね……」

「にゃあにゃあ《まぁまぁ》そう言わず！　実際勇者装備はかなり強いし、レベルも上がっただろ？」

「それはそうですけど……まぁいいや、もうここからはクリアまで突っ走っちゃいますよ！」

いよいよラストダンジョン。敵も強化されていたが、勇者装備の性能は冗談抜きで圧倒的であり、順調に進めることができた。

そして来たる魔王の目前。あと一歩でこの苦行を終わらせることができるところまで来たのだが、もどかしいことに私はここで足止めをくらっていた。

立ちふさがったのはラスボス戦前最後のギミックであると思われる謎解き。

三つのドアがあり、どれか一つが正解ということまでは分かっているのだが、私にはその答えがさっぱり分からないでいた。

「あっれぇ？　道中ヒント見逃しちゃいましたかね……」

それぞれ緑、赤、青の三色が割り振られた扉の前をうろうろしながら記憶をたどる。

……だめだ、ドアのある部屋に設置されていた看板に書いてる『せっかくなら？』という文字以外この謎ときのヒントが思い浮かばない。

「どうしましょう……もう勘で選んじゃいましょうかね……ネコマ先輩、ちなみにこれって間違えたドアを選んだらどうなりますか？」

「フリーズして町のセーブポイントからやり直しになるぞ！」

「そこはゲームオーバーとかで良かっただろ！　どれだけフリーズ好きなんだよ！」

くっ、やり直しは流石《さすが》に嫌だな、どれだ？　どのドアが正解だ？

「うむ～……」

「ほら！　ここまでの軌跡を思い出すんだ淡雪ちゃん！　大丈夫！　君なら解ける！」

「本当ですか？」

今のネコマ先輩の口ぶりを見るにやはりただの運ゲーではないようだ。

軌跡なんて大層な言い方はしてほしくないくらいクソな旅路だったが、そこにヒントなんてあったかな……。

えっと確か王様と話して……理不尽な死を経験して……ダンジョンに行って……勇者装備を手に入れて……ダニーとグレッグを殺して……。

――――ん？　待てよ？　ダニーとグレッグ？

なにかが頭の中で引っかかった。なんとなく分かる、引っかかったのはこの謎ときの答えそのものだ。

そして看板の『せっかくなら？』の文字がその引っかかりを外し、答えを手元に手繰り寄せた！

「ネコマ先輩――これってまさか⁉」

「おお！ついに気が付いたか淡雪ちゃん！　流石だ！　君なら分かると信じていたぞ！

それじゃあ一緒に『アレ』を言うぞ！　せーの！」

ネコマ先輩の合図と共に、私はその言葉を叫んだ！

「「せっかくだから俺はこの赤の扉を選ぶぜ‼」」

伝説の名言と共に一切の迷いなく赤の扉を開ける。

「って、それはヒントとは言わな」

「ということでラスボス『コンバ○ト越前《えちぜん》』戦だぞ」

「魔王じゃねぇじゃねーか⁉　こいつただの傭兵《ようへい》とかじゃなかっ」

『ダニー、グレッグ、生きてるか？』

「死んでるわってあーもうツッコミが間に合わない！　ぜぇ……ぜぇ……ぜぇ……」

：まさかのデスクリ○ゾンwww
：知ってる人しか解けないじゃねーか！

：ラスボスが越前ってことはダニーとグレッグほぼスパイ確定で草

：なにがせっかくなんだ……

：なんだこのクソゲーはぁ！

：ネコマの言った通りもはやバカゲーで草
ツッコミどころの波状攻撃で乱された息を整える。

結構昔、私がライブオンに入る前にネコマ先輩が一連の流れの元ネタである『デスクリ○ゾン』を紹介した配信を見た記憶があったので、なんとか正解の赤い扉を選ぶことができた。

……ふぅ、とりあえず落ち着いたかな。

「よし、それじゃあ――覚悟しろやおらあああああぁぁぁ――‼‼」

今までのツッコミで疲れ果てた恨みを全てぶつけるように、私はラスボスに切りかかったのだった。

そして数分後――

「おめでとう！　これでゲームクリアだぞ！」

「やっと終わった……」

見事コンバット越前を打ち破った私は、短いスタッフロールを終え、タイトル画面に帰ってきていた。

ゲームクリア。配信の目的は達成である。

「まぁ終わってみれば曲がった意味ではありますけど面白かったかもしれませんね。配信も盛り上がりましたし。二周目は死んでもやりたくないですけど」

「にゃはは！　今回は本当にありがとうな淡雪ちゃん！　ネコマも自分が作ったゲームをやってもらうのがこんなに嬉《うれ》しいことだなんて初めて知ったぞ！　今後の為《ため》の反省点も分かったし、淡雪ちゃんには頭が上がらないな！」

「……本当に反省なんてしていますか？」

「マジマジ。実際今回の配信は淡雪ちゃんの圧倒的な配信者スキルに助けられた面が大きかったからな。今後新作を作って他のライバーにもプレイしてもらうならもっと配信映えして、ゲームに身をゆだねた配信ができるものを作らないとって思ったのが一番の反省点だな」

「な、なるほど……確かに配信映えを狙うのは私も賛成ですね。……私の配信者スキルは知らないですけど」

「謙遜すんなよぉ！　吹っ切れてから更に成長したのかスト〇〇無しでもめちゃくちゃキ

レッキレで正直ネコマ驚いたぞ。先輩として負けていられないな！　ってか、最初に私のカリスマがどうとか言ってなかったかにゃー？」

「じ、自分で言うのと人から言われるのでは違うんですよ！」

：あわちゃんもシュワちゃんも常に配信を盛り上げてるのよく考えるとやばい
：当たり前のようにやってるから気づきにくいけど立派な天才なんだよなぁ
〈朝霧晴〉：お！　みんなよく分かってんねぇ！

「にゃはは！　そういうかわいいところも人気なのかもな！　よっしゃ！　それじゃあ配信の最後に淡雪ちゃん、今回のゲームの感想をどうぞ！」

「タイトル画面で放置して晴先輩の曲をずっと聴くのが一番楽しい遊び方だと思いました」

「最高の褒め言葉を頂いたところでさらばだにゃ～」

ふぅ、これで今日の配信は終わり！　……って、あれ？

「ネコマ先輩。ゲーム開始時のあの光って結局なんだったんですか？」

「ん？　あぁあれか！　なんの意味もないぞ！」

「は？」

恐らく配信最後の言葉が『は？』だったライバーは私が初めてだろう……。

「お疲れー！　改めて今日は協力してくれてサンキューな、淡雪ちゃん」

「いえいえ、こちらこそお誘いいただけて嬉しかったです！　……あの～すみません、今からちょっとだけお話しできる時間ってありますか？」

「ん～？　全然いいぞー、どした？」

配信終了後、配信冒頭にもあった通り、ネコマ先輩に聞きたかったことを話してみた。

それは勿論《もちろん》聖様のことである。

「同期のネコマ先輩から見て、聖様って大丈夫そうですか？」

「あーなるほど……気になる？」

「はい。どこか様子がおかしい気がして……普通に配信を再開したのは安心したんですけど」

「そうだなぁ、あんまり気にしないでいいと思うぞ！」

「えぇぇぇ……」

あまりに投げやりな回答に思わず引き気味の声を出してしまった。

同期にすらこの扱いとか相当だぞ、一体今日までなにやらかしてきたんだ聖様……。

「ははは！　そんな反応すんなよぉ！　ネコマも心配はしてるからな？」

「本当ですかー？　それにしては投げやりだったような？」

「ネコマも様子が変なのは分かっているぞ。そして、だからこそ分かっていることもあるんだよ」

「分かっていること？」

「今回の主役はネコマや淡雪ちゃんたちじゃないってことだよ」

「……んー？」

質問の答えになっているのかすら分からないことを言われてしまい、尚更《なおさら》頭の中が混乱してしまう私。

「あー、まぁあれだ。最初の答えの通り、淡雪ちゃんたちは普段通り、元気に配信してライブオンを盛り上げてくれればそれでＯＫってことだぞ！」

「はぁ……」

「ははは、納得してないの丸分かりの声だぞ？」

「うぐっ」

この先輩、失礼ながら思っていたより鋭い……。

「ネコマも完全に放っておくわけじゃない。ネコマも聖が何を考えているのかはっきり分かるわけじゃないけど、感づいている部分はあるんだ。ネコマはサブなりにやることをやる。だからさ、任せてみてくれないか？」

「………分かりました」

今度ははっきりと頷《うなず》いた。

なぜか今のネコマ先輩の言葉には、人を頷かせる説得力を感じたのだ。

きっとそれは、二期生として共に歩んできた重みが言葉に乗っていたからだと思う。

二期生の絆《きずな》、とでも言うのだろうか。きっとこの人は私と同じく聖様を心配していて、それでいて私とは違う視点で聖様を理解している。

脳裏に私がリスナーとして見ていた三期生が入る前のライブオンの光景が蘇《よみがえ》る。晴先輩個人からライブオンという箱へ。二期生はそれぞれが異なる才能を持っていたけど、晴先輩ほど万能人間という印象はなかった。

でも、それはそれで新しい魅力だったのだ。互いが足りない部分を支えて、協力して、そして人気になっていく。その姿に私も含めたリスナーさんたちは晴先輩の後続に終わらない、新しいグループとして魅力を感じ、それが今の箱としてのライブオンに繋《つな》がった。

きっと色々な問題もあった。でもそれを乗り越えてきたのだから今がある。

ならば信じよう。餅は餅屋に近い考えだ。ネコマ先輩は状況を理解し、そのうえで冷静に対応策を考えることができている気がする。この時点で悩んでいる私の遥《はる》か先を行っている。

「まぁあれだ、なにか相談があったら気軽にしてくれていいからな。というかネコマも、情報欲しいから相談してくれ」

「了解です。お時間ありがとうございます」

「いやいや、聖のことが心配なツンデレ淡雪ちゃんが見られたから役得だぞー」

「なっ⁉」

「にゃははは！　それではさらば！」

真面目な話はおしまいとばかりに、最後はネコマ先輩らしく悪戯《いたずら》を残して去っていった。

「誰がツンデレですか！」

口ではそう言ったが、二期生ならではの絆を間近で見て、その尊さに口元が緩んでいる私なのだった。

「あー……どうしよっかなぁ……」

外は黄昏《たそがれ》時、自宅のベッドで寝ころび、スマホの画面を眺めて独り言を呟く宇月聖《うつきせい》の姿があった。

画面に表示されていたのは友人である神成《かみなり》シオンからのチャット。

『今日も大丈夫？　ちゃんとご飯食べた？　生活リズム乱れてない？　前も言ったけど収益化の件は私がママとして全面的に協力してあげるからね！　だから心配しないで！　あっ配信のこと以外でもなにかあったら遠慮なく言うんだよ！　私だけじゃない、きっと皆だって味方だからね！　そうだ！　今度時間あったら収益化回復の作戦会議でもしようよ！』

聖はこのチャットにどう返すべきか悩んでいた。

収益化が剝奪されてからというもの、シオンからは毎日のようにこのようなニュアンスの連絡が通話やらチャットやらで聖に届いている。どこか恐怖すら感じる程の世話焼きであるシオンらしいなと思い、聖は読み返すたびに悩みながらも笑ってしまいそうだ。

「本当に優しい女の子だね。でも……はぁ、だからこそ勘弁してほしいなぁ」

深いため息と共に再び思考を巡らす聖。

今までは当《あ》たり障《さわ》りのない返答で躱《かわ》していた聖だが、そろそろ限界が来ている気がしていた。

シオンは聖が何度大丈夫と返しても似たような連絡をやめない。それはきっと聖が大丈夫じゃないと気づいているからだと聖は分かってしまっている。

「……いつの間にか距離が近くなり過ぎていたのかな。全く、自分の軽率さにうんざりするよ。一体何をしているのやら」

そう言って今度は一際《ひときわ》大きなため息をついた後、聖は一旦返事を保留し、チャットの画面を切り替えた。

そこに表示されているのは結構な量の未読の通知。内容はライバー仲間からの心配や励ましの言葉だ。昨日も似たような状況になり、全て返信したはずなのだが、今日は珍しい人たちからも届いているようで、聖はそれを見て思わず噴き出してしまった。

「全くもう……これも後で返信しないとな」

画面を再びシオンとのチャットに戻し、再びどう対応すべきなのかを考える。

そして——

『心配してくれてありがとう。問題なく元気だよ。収益化もきっとそのうちなんとかなるさ。金銭面の心配はさほど必要ないから焦《あせ》ることもない。いつも通りのシオン君、いつも通りのライブオンで大丈夫だよ』

結局は、またこんな当たり障りのない返答をしてしまう。

「……なにをこんなに悩んでいるんだか」

心配してくれて、助けになろうとしてくれる友人がいることは嬉《うれ》しい。でも、嬉しいからこそ聖は苦しんでいた。

「ありがとう皆。そしてごめん」

そう呟《つぶや》いた後、聖はしばらくの間、寝るわけでもないのにずっと瞼《まぶた》を閉じ続けていた

——

一方そのころ——

「むーっ‼」

電波が結ぶ先に存在するシオンの方も、同じく独り言を呟いているのであった。

「まーたこんな返事して！　様子がおかしいって私が気づいていないとでも思ってるの⁉」

聖の予想通りシオンは聖がなにかを気にしていることに気づいており、そしてそろそろ我慢の限界がきていることも的中していた。

ライバーとして生まれてから今日までずっと共に歩んできた仲だ。お互いの心身の乱れは、ほんの少しの情報からでもなんとなく察することができてしまう。

「私がどれだけ聖のことを見ているかを分かっていないのかあの変態は！　日に日に態度がおかしくなってきてるって本人でも分かってないんじゃないの⁉　あーなんだかイライラしてきちゃった……ネコマーに愚痴聞いてもらおうかな」

試しに同期の昼寝《ひるね》ネコマにチャットを送ってみると、暇そうだったのでシオンは通話をかけた。

そして最近の聖とのやり取りをマシンガンのような勢いで喋《しゃべ》り尽くす。

「──って感じで、もーほんっとうに赤ちゃんみたいに困ったやつなんだから！」

「うんうん、そうだにゃー」

「ネコマーはどう思う？」

「シオンは本当に聖のことが大好きなんだなぁーって思うぞ」

「は、はぁ⁉　なに言ってるの⁉　話聞いてた⁉」

完全に予想外だったネコマの返事に、シオンは明らかに顔を赤くして取り乱す。

「ちゃんと聞いてたぞー。シオンは聖のことを誰よりもよく見てて、様子がおかしいことが心配で心配で仕方なくて、でも素直に相談してくれないのが悔しいんだろ？」

「そ、そんなわけないじゃん！」

「違うのか？　ネコマには今の話はそうとしか聞こえなかったぞ」

「そんな、だって！　……あっ、あれ？」

自分が話した内容を思い返すと、確かにネコマが言った通りだと自分でも思ってしまい、言葉が繋がらなくなってしまうシオン。

ネコマはそんなシオンを見てにゃははと笑うと、今度はどこか優しい声で語り掛ける。

「否定なんてしなくていいぞ。聖のこと、大切に思っているってことだからな。いいことだ」

「…………」

「ネコマも聖が何を考えているのかまで分かるわけじゃないが、きっとその思いは届いている。だからこれからも変わらず気にかけてやってくれ」

「…………うん。ありがとうネコマー、話聞いてくれて」

「気にすんな、これでも同期のことは大切に思っているつもりだからな」

その後、それじゃあまたと言葉を交わし、通話は終わった。

「…………やば」

しかしその後もしばらく、シオンの顔は熱を帯び、心臓は太鼓のような大きな鼓動を奏《かな》で続けるのだった——

第二章

ひと狩り行こうぜ

『モン狩り』、日本に住むゲーマーの方なら恐らくこのタイトルを聞いて何らかの反応を体が示さない人は少数だろう。

シリーズを重ねるごとにその知名度は爆発していき、ついには社会現象と呼ばれるほどの驚異的人気を誇った伝説的ゲームタイトルだ。

決して初心者に優しいゲームバランスだったわけでもUIが整っていたわけでもない。

ただこのゲームは仲間と協力する楽しさを教えてくれた。

さて、ここまで語っておきながらこの心音《こころね》淡雪《あわゆき》、実はほぼゲーマーですらないのでモン狩り経験が0、今までの説明はwikiガン見である。

だがここにきてまさかのモン狩り新作発表、出来が良すぎて人気爆発、ライブオン界でも流行《はや》るの三連コンボ。

皆の配信を見るにつれて淡雪の中でどんどん膨らんでいったモン狩り欲はとうとう限界を迎え、今日、新たな新米狩人《かりゅうど》が誕生したのだった。

「プシュ！　モン狩り界に舞い降りた超新星、シュワちゃんだどー！　そして今回のスペシャルゲスト！」

「やっほー！　皆の心の太陽、朝霧晴《あさぎりはれる》が昇ってきたよ！　今日はモン狩りを何も知らないシュワッチの為《ため》に先生役として最序盤のサポートを承ったよ！」

というわけで、ネコマ先輩に引き続いて連続コラボ回だどー！

あまりに楽しみだったもので企画自体はかなり前から決まっており、協力してくれるライバーも今日は晴先輩だけだが、ここから連日色んな人とコラボすることになっている。

お待ちかねのモン狩り、ネコマ先輩との配信後の話があった時から、もう吹っ切れてスト〇〇飲んで配信を全力で盛り上げていくことにした。聖《せい》様見てるかー⁉　何考えてんのかよくわからんけど、とりあえずシリアスなんて吹き飛ばしてやるくらい笑わせてやるから覚悟しとけやオラァ‼

「まさかこんな介護企画を引き受けてもらえるとは、晴先輩暇なんですか？」

「お？　不躾《ぶしつけ》な者め、私のことは今から大先生閣下（スペシャル帝王女王皇帝神様爆盛りアゲアゲペガサスミックス）と呼んで崇《あが》めるがいい愚民風情《ふぜい》が」
「無知な後輩にマウント取って悲しくないんですか？　あ、そんなことしてるからコラボしてくれる人いなくなってここにたどり着いちゃったわけですかなるほど」
「ぐすん、シュワッチは私のこと嫌いなの？」
「……嫌いだったら元から晴先輩に先生役頼みませんよ」
「しゅ、シュワッチ！」
「は、晴先輩！」
「『デレシシシシシシシシ‼』」
：突然のオー〇リーリスペクトやめろ
：え、そんなワンピでしか聞いたことない笑い方が被《かぶ》ることある？
：早くモン狩りにいってどうぞ
：この人たち開幕トークだけで数時間繋《つな》ぎそうで怖い
：黙ると死ぬタイプの人達だからな
というわけで、完全に何も知らない初心者が始めから通用するほど甘いゲームではないと聞いた私は晴先輩に援助を頼んだ次第。
まだ発売したばかりだから他のライバーもそこまで進んでるわけじゃないけど、過去作

デレシシシシ
シシシ
清楚ゼロ
お酒は20歳に
なってから

経験者も多くその人たちは明らかに動きが違う。

これから協力プレイしていくわけだから、最低限はゲームのシステムとコツを把握してから参加したいわけだ。

「それじゃあゲーム開始するどー!」

「あいよー」

幻想的な景色の中を巨大なモンスターが暴れまわるなんとも高揚感を誘うオープニングが流れる。

どうやら今作は和風をモチーフにしたと思われる世界観で、私の奥底に眠る大和魂がビンビンに勃起していくのが分かる。

かの英雄ヤマトタケルは言いました。「モン狩りにハマりすぎて人生詰んだ」、古事記にもそう書いてあるから間違いない。

さて、どうやらオープニングも終わりさっき自分でクリエイトした主人公が家らしきところで寝ているシーンに移った。

そしてそこに現れるは二つの人影。な、なに⁉

「おいペガサス! 大変だー!」

「オウ? どうしたのですかアワユキボーイ!」

「全身生殖器みたいなメスモンスターが二匹も現れたんだ！」

な、なんだこの耳の尖《とが》った姉妹と思われる性癖のコス〇コ女たちは⁉

「何ということだ！　これじゃあモン狩りドスならぬモン狩りドスケベじゃないか！　まさかモン狩りはモンスター娘を狩るエロゲーだった⁉　ドスケベ姉妹二匹の同時狩猟なのか⁉」

「ワオ！　ナイスミレニアムアーイ！　ミーのトゥーンペガサスにもダイレクトアタックなのデース！」

：予想通りの反応過ぎて草
：あれだけ名称の候補がありながら選んだのがペガサスなのか……

：さてはペガサスさんマインドクラッシュしてません？

：なるほど、これがモン娘クエストってやつですか
：ツッコミ不在の恐怖
「それにしてもなぜこの主人公は未《いま》だに寝ているんだ？　今立たなくていつ立つんだよ二重の意味で！　死力を尽くして任務に当たれ！　性ある限り最善を尽くせ！　決して犬死するな！　立ち上がれ！　気高く舞え！　お前は定めを受けた戦士のはずだ！」

「さぁ！　ウマ男フルチンダービーの始まりデース！　あらゆるクエストがベースキャン

プから始まるようにこのゲームも股間のベースキャンプから全てが始まるのでーす！　さぁアワユキボーイ！　今こそ事前に教えたあの名言を言う時なのデース！」
「りょ、了解しました！　いきますよ？　せーの！」
「『ひとヤリイこうぜ！』」
「……あ」
「ん？　どうしたのですかアワユキボーイ？」
「よく考えたらキャラクリ女にしてたから勃《た》つものないじゃん」
「は？　キャラクリでプレミしすぎだろ、ペガサスも萎えて王国編に帰っちゃったよ」
：草草の草
：はいギルティ
：常に謝罪用の菓子折を準備しておくことを強く推奨します
：ほんと頭の悪い天才二人
：キャラクリのプレミってなんだよ……
まぁなんかよくわからなかったけど淡雪の狩人生活、始まります！
オープニングが終了した後、世界観の説明やクエストの受け方などのチュートリアルが始まった。

その後もアイテムショップや食事処《どころ》などショップの使い方を晴先輩から教えてもらい、次はいよいよお楽しみの武器屋の説明だ。

店先で武器を作っている厳《いか》つい風貌のおじさんに話しかけると、使用することが可能な武器候補が山ほど出てきた。ここから自由に選んでいいようだ。

「よっしゃ、シュワッチは使いたい武器とかある？」

「んー……なにかおすすめとかはありますか？」

「おすすめかぁ、確かに使いやすい部類の武器とかはあるっちゃあるけど、なんだかんだこのゲームを一番楽しめるのは自分が一目惚れした武器を愛用することだと私は思うかなぁ。どの武器も使いこなせれば皆強いから好きに選んでいいと思うよ！」

ふむ、じゃあ私の興味が惹《ひ》かれるのは……。

「気になった武器があれば解説もするからね、ハレルンはモン狩りでは全武器使いこなすオールラウンダーなのだ！」

「ありがとうございます。それでは王道っぽいこの片手剣から」

「うんうん、片手剣は見ての通り攻守のバランスが取れた癖のない、手足のように使える武器だよ！　その分突出した火力は出にくいからサポート役って印象が強いかな。ライバーの中だとマーシーが使ってたかも」

「ましろんですかなるほど、つまり守りも攻めも万全なふたなりタイプってことですね？　ましろんはふたなりってことですね？」

「違います」

：違いません

〈彩《いろどり》ましろ〉：違います

：違ってください

：違ってほしいと思いつつも違わないのもワンちゃんありかもしれません

：草

：シュワちゃんを心配して配信見てるましろん萌《も》え

〈彩ましろ〉：か、勘違いしないでよね！　勘違いしないでよね！　勘違いしないでよね！

：ましろん、ツンデレはそれしか言わんわけではないんや、それだとただの間違い指摘厨《ちゅう》なんよ

：ましろん渾身《こんしん》のボケかわいい

「えっと、それじゃあ次はこの双剣ってやつをお願いします」

「あいよ！　こいつは二本の短剣を両手に持つことで繰り出される破格の連撃を持ち味と

した攻撃特化の武器だよ！　ロマンと中二病たっぷりでセイセイも愛用してる武器だね！」

「なるほど、それじゃあ次はこの狩猟笛ってやつをお願いします」

「ＯＫ、こいつはかなり特殊な効果を内蔵した武器で、なんと戦いながら楽器として音楽を奏《かな》でることができるのだよ！　愛用者はおしお！」

「その呼び方はシオンママでしたよね？　なるほど、整いました」

「ほう？」

「相手のモンスターに対応した牝の発情声を演奏することで相手の精神を錯乱させるなどして内面にダメージを与えていく武器というわけですね！」

「その発想は一種の天才かと思ったけど残念ながら違います。演奏は味方を強化する為のものだよ！」

「え、喘《あえ》ぎ声を演奏して精力の強化を謀《はか》るわけですか？　性様とか勃起して手元の二本と股間の一本で三刀流になっちゃいません？」

「ばーか」

「あーほ」

「なんで私言い返されたの⁉」

：三刀流は草
：ゾ〇かな？
：双剣乱舞しながら腰振って股間で攻撃してるの想像したら噴いた
：笛で相手にデバフは普通に今後実装されそう
：ハレルンが振り回される恐怖よ
「次はーそうだなぁ、この大剣は？」
「お、いいところに目を付けますなぁ！　大剣は見ての通り重くてぶっとくてゴツイ破壊力満点の武器だよ！　鈍重そうに見えて意外と使いやすい武器でもあるよ。普段はヒット&アウェイ戦法で、モンスターに大きな隙が生まれたときは絶大な威力の溜《た》め切りをお見舞いしてやろう！」
「なるほど、つまりは」
「違います」
「まだ何も言ってないのに！」
「確か他のライバーだとピカリンとかも愛用してたはず！　なんかイメージ通りだよね！」
晴先輩の言うピカリンということは光《ひかり》ちゃんか。あの子絶対ろくなプレイ方法してないよね……。

その後も何種類か気になった武器を解説してもらい、着実に自分の中で候補を絞っていった。

そして――

「晴先輩、私決まりましたよ」

「お！　いいねいいね、どれにするの？」

「私の心に聞きました、急須で入れた緑茶に最も近いのはどれ？」

「ねぇ、今までの私の話聞いてた？　一回もお茶の話とかしなかったんだけど……」

「選ばれたのは『ランス』でした」

「もういっか(諦め)！　それで、どうしてランスに決めたの？」

「私ね、このゲームで一つ目標があるんだ」

「目標？　なになに？」


私がこのゲームで成し遂げたいこと、それは――ッ！


「全てのモンスターの処女を奪うことだ！」

「は？」

「選手宣誓！　私はこの鋭くて巨根のランスを使ってありとあらゆるモンスターとSEX

することを誓います！」
「ばーか」
「あーほ」
「だからなんでぇ!?」
：大草原
：www
：だれか総合病院持ってきてー！
：これだけ膨大なプレイヤーがいるゲームにおいて100パーセント初の試みである
：狩人《かりゅうど》（性的な意味で）
というわけで！　これから色んなライバーとコラボしながら狩りを極めていきたいと思います！　晴先輩、いろいろ教えてくれてありがとうございます！
「ごめんごめんお待たせー！　やっと光も合流できたよー」
「お、待ってました！」
「前衛はお願いするのですよ～」

「りょーかい！　メイン火力の意地を見せるよ！」

晴先輩から基礎の部分をしっかり教えてもらった翌日、私は待ちに待ったライバーとのコラボ狩猟を楽しんでいた。

今回のパーティーはスト○○飲んでいない私とエーライちゃんと光ちゃんの三人。まだ序盤の似たような進み具合の三人で協力プレイだ。

だが一つ不思議なのは光ちゃんだ。個人的に光ちゃんはもっとガンガン進めている印象があったので私やエーライちゃんみたいな初心者組と一緒と聞いて思わず首を傾《かし》げてしまった。というか長時間配信しているサムネもちらっと見たことある気がするんだけど……。

でもさっき配信前に確認したら本当に序盤のデータだったので、まぁ問題は無いかと思いそのまま協力してもらっている。過去作のプレイ経験も豊富なようで頼りになる先輩狩人だ。

私がランス、光ちゃんが大剣、エーライちゃんは遠距離武器のボウガンを装備している。割とバランスの良《い》いパーティーではないだろうか。

「あ、あわちゃん先輩、振り向き気を付けてくださいですよ～」

「OK、ガード固めておきます」

「いいねいいね！　二人とも慣れてきたね！　仲間が増えて光も嬉《うれ》しい！」

：おお！

：あわちゃん慣れてきたな
：うまい！

今は大きなカエルのようなモンスターを相手にしているところだ。

私がメイン武器に選んだランスは大きな槍《やり》と盾を同時に持った鈍重な武器。だが敵の攻撃を受け止めるガード性能は全武器中ピカイチだ。

今では立ち回りのコツもなんとなくではあるが分かってきている。敵にスキができたときに基本に突き、たまに薙《な》ぎ払《はら》いを交ぜながら敵に張り付くことを意識して戦うとランスの長所が発揮される。まだ序盤だから私でも結構盤石に戦えている状態だ。

「それにしてもエーライちゃんがモン狩りをやるのって私少し意外でした。ほら、一応仮にも動物園の園長さんじゃないですか？」

「あ、それ光も思った！　園長さんって言ってた時期もあったもんね！」

「いやいや、今もバリバリの園長ですから、それ以外の何者でもないのですよ～」

「『いやでも』」

「DEATHよ～」

「『あ、はい』」

あれだけホラゲーの時に取り乱していたエーライちゃんも、今では持ちネタとしてうまく組長キャラを使うようになっている。

傾向としては私に少し近いのかもしれないな。

「まぁ質問の回答に戻りますと、普通に私も流行には乗りたいのですよ～。それに、現実とフィクションの区別もつかないような厄介な人間には私なりたくないのですよ～。まぁゲームのシステムとしてあるのなら一人プレイの時はできるだけ捕獲をするくらいはやりますけどね～」

「なるほど、感心ですね」

「ヒュー！　おっとなー！」

「いやいや、お二人の方が先輩のはずですよ～！　まぁそんな感じですかね、あ、そうだ、今回は貴重でお高い良い弾を仕入れてきたんですよ～。せっかくだし撃ってしまいましょう」

そういってエーライちゃんがボウガンを構えたとき、ふとその射線上に目標の敵ではない小型のモンスターが飛び出してきた。

「あ」っと思わず声を上げそうになった瞬間、そのエーライちゃんの貴重でお高い弾は目標のカエルではなくその小型モンスターに当たってしまった。

「……あ？　おどれ私の射線上に立つとは何様のつもりじゃゴラアァ‼」

「「ひぇ⁉」」

で、でた！　エーライ名物、動物園の園長ならぬ動物組の組長が登場だぁ‼

「私の征《ゆ》く道の邪魔をすんじゃねえぇぞこのチンピラ風情《ふぜい》がぁああ‼」

「ちょ、ちょっと組長⁉」

完全にスイッチが入った組長がとった行動は完全に私の予想外のことだった。

武器をしまい、まだ生きていた小型モンスターのところまで近寄ったかと思ったら、なんとオマケで用意されているアクションのほぼ敵にダメージが入らないキックで直接攻撃し始めたのだ！

「くらえ！　ボウガンキック！　ボウガンキック！　ボウガンキック！」

「おお！　まさかの武闘派スタイル！　かっこいい！　光もやってみよっかな！」

「いやそういうゲームじゃねーからこれ‼　ボウガンなんも関係ないし！　組長！　お願いですから落ち着いてくだせぇ！」

「はぁ、はぁ、はぁ……ご、ごめんなさい……なのですよ」

なんとか必死の説得によって奇行を止め、園長を再臨させることに成功した。

ふぅ、流石《さすが》ライブオン、一筋縄じゃいかねぇぜ。

：頭キマッてんなおいwww
：サツ呼んできた方がよくねぇか？

：もし捕まって刑務所に入ったら囚人を動物さんって言って支配してそう
：草
「あの、当たり前ですけど今のはあれですよ？　さっきも言ったようにゲームだからの行動ですよ？　その場でやって良いことと悪いことの判断もつかないような人間が長を名乗ることはできないのですよ」

「え、ええ、まぁそれはそうですね。そもそも本当の悪人をライブオンが採用するわけありませんし」

「なんかエーライちゃんは園の動物たちから尊敬と崇拝と畏怖の念を抱かれてそうだよね！　凄《すさ》まじいカリスマで統率力がありそう！」

「それ褒めているのですよ？　まぁ私が現実で拳を振り上げるときがあるとするなら、それはきっと動物さんたちを最低な方法でいじめている輩《やから》を見つけたときだけですよ～」

「「かっけぇ」」

さて、そろそろ狩りに集中し直しますか。

「それにしてもカエルって不思議な生き物ですよね－」

「お、どうしてそう思うのですよ～？」

「うーん、そもそも両生類全般に言えることなんですけど、どこか地球的じゃない不思議さがある気がしません？　まるで宇宙から来たと言われても信じてしまいそうな」

「確かに！　光も小学生のときとか好奇心が刺激されまくりだったからよく捕まえて観察してたよ！」

段々と敵の攻撃パターンも頭に入り、危なげない狩りになってきたので自然と雑談が増えてきた。

たまたま狩っている敵が大きなカエルだったので話題に出したのだが、生き物全般大好きなエーライちゃんには刺さったようで、楽しそうに話題に乗ってくれる。

「カエルさんの中だけでも膨大な種類がいますからね。毒を持つのは勿論《もちろん》、中には背中に卵を担《かつ》ぐ子や、まるで赤ちゃんのような声を出す子もいるのですよ～。あと意外と味も良かったり」

「え？　た、食べるんですか？　カエルを？」

「光それ知ってる！　見た目と違って癖が無くて美味《おい》しいらしいね！」

「ふふ、光先輩は博識ですね、えーらいえーらいです！　今では日本にありふれているウシガエルさんも、もとは食用として連れてこられた外来種だったりもするのですよ～」

「極度のサバイバルでは基本知識だからね！　いかなる状況でも生きていけるようにカエルは勿論蛇まで捌《さば》き方はばっちりだよ！」
「その知識を現代日本で使う機会は出てくるんですかね……」
：カエルです、食べてください
：光ちゃんの血肉になるなんて許さんぞ、池に帰れ、カエルだけに
：→ニキも南極に帰ってどうぞ
：バジェットガエル飼いたいけど飼育が難しいんよな
：基本爬《は》虫《ちゅう》類《るい》とか両生類は懐《なつ》かないから飼育には無償の愛が必須
：カエルってあれか、よく女神様食べてるやつだよな？
：もしかしなくても素晴らしい世界に住んでます？
：僕は声がカエルみたいだねってよく褒められます
：あっ（察し）
：知らない方が幸せなことって世の中あるよな
　こういう緩いノリでのゲームも楽しいものなのだが、同時に気が緩んでしまうのも人間。
　現在ゲーム上ではガンガン攻め過ぎた光ちゃんが画面端に追い詰められ、しかもモンスターは光ちゃん以外には興味もないといった様子で私たちに反応してくれない。

「え、いやちょっとそれは光もきついかも!?」

結果的に連撃をくらい、キャラクターが身動きが取れなくなり隙だらけになる、所謂《いわゆる》ピヨッた状態になってしまった。

まずい、このままでは光ちゃんが戦闘不能になってしまう!

「い、いやだあああ!!!! 死にたくない! またあの地獄はいやだぁ!! だれか助けてええええ!!!!」

「待ってて光ちゃん! 今起こすよ!」

「私は閃光《せんこう》を投げますよ～」

急いでわざと光ちゃんを攻撃することでピヨりを覚まし、エーライちゃんが強い光で相手の目を眩《くら》ませる閃光玉を投げてくれた。

ふぅ、なんとか危機は回避だ。

「あ、ありがとう二人とも、本当に助かったよ……」

「いえいえ。それにしても光ちゃんすごく焦《あせ》っていましたね? 全然まだ余裕ありますから一回くらい倒れても大丈夫ですよ?」

このゲームは三回戦闘不能にならない限りクエスト失敗にはならないようになっている。

一回目すらまだの為《ため》、そこまで気にすることはないと思ったのだが……。

「いやぁ、実は光は今一回でも戦闘不能になったらデータ削除の縛りでクリアまで目指してるんだよね！　実はこれも七つ目のデータだったりするんだよ！　本当に二人は命の恩人だ、大好きだぜぇ！」

「「は？」」

さも当然かのように光ちゃんがそう言った瞬間――私とエーライちゃんの時間が止まった――

そして時は動き出す。

「組長、守護陣形を組みます、ターゲットの前に」

「承知、組員の命は私が守る。ハチの巣にしてやるぜ」

「おうぅ？　どうしたの二人とも？　あ、ちゃんと死んだとしてもクエストクリアした後にデータ消すから心配いらないよ！」

「「そういう問題じゃねーから‼」」

完全にハモってしまう私たち。

もう本当にこの子はなんでこういうことしようと思っちゃうの‼　配信前の疑問もようやく繋《つな》がったわ！

「光ちゃん、今すぐ上に256歩、右に1歩、下に16歩、左に32歩のところにあるベースキャンプに帰りなさい」
「なんでなぞのばしょみたいにいったのですよ～？」
「あ、懐かしいねなぞのばしょ！　光もなぞのばしょ初見プレイやったなぁ。一切攻略知識なしで挑んで心の目で目標を目指すんだよ！　でも結果的にそれもデータ消えたから光はまだ未熟者だなぁ」
「ねぇあわちゃん先輩、光先輩をうちの園で保護してもいいですよ？」
「いいですとも！」
「いやだめだよ⁉　ゲームも人生も光はまだちゃんと戦うからね！　というかむしろデータ消して欲しい！　幾多もの厳しい試練を乗り越えて光はもっと強くなるんだ！　だから気にせずにこきつかってくれ！」
：草
：ほんとクレイジー
：文字通り一回の死が命取りになるわけか
：隠れドM枠、それも究極的な
：元気枠に見せかけた中二病に見せかけたあほの子に見せかけたライブオン
「よっしゃ！　討伐完了！　二人ともお疲れ！」

「お疲れなのですよ～」

「お疲れさまでした。いや、本当に疲れましたね、主に心労的な部分で……」

あの後、無事に光ちゃんを生存させた状態でクエストクリアまでもっていくことができた。

光ちゃんのデータを守るためではあるが、ここまでゲームにマジになったのは壺婆以来だろうか……確かに緊迫感と没入感がすごくて私も癖になり……はしないな。

ゲームくらいもっとカジュアルにワイワイ楽しもうよ……なぜそこまで自分に試練を課すのよ光ちゃん……。

「いやぁマジで死にかけたときはドキドキしたね！　光なんてもうアドレナリンの分泌量バグって瞬《まばた》きすら忘れてたよ！」

「それなら今すぐその縛りをやめなさい」

「いやでもね、確かに失敗したら心に深い傷を負うことは分かるんだけどね、でもその瞬間が……最高に気持ちいぃ……」

「こいつ超ヤベーのですよ～」

「どこぞの死にまくってエクスタシーに目覚めるスパイみたいなこと言い出しましたね」

「レーザーカモーンですよ～！」

「試練に躓《つまず》くたびに成長していく光のメンタルは最早《もはや》ダイヤモンド、誰にも砕くことなんてできない！　あぁ、ラスボス戦の時には裸縛りも追加しちゃおうかな？　あとクリアが目前の緊迫感と、もし死んでしまった時は容赦なく全て最初からの絶望感がピークに……最高に燃えるね‼」

「見えている地雷に飛び込んでいくことは勇気ではない」

「その言葉で止まるほど光先輩も常人ではないのですよ〜」

同期の狂気を目の当《ま》たり《あ》にして動揺が隠せないのだが、私はどうすればいいのだろうか？

というか今考えるとライブオンで本当にまともな人誰一人もいなくない？　私このままじゃあライバー以外の友達じゃ満足できない体になっちゃうよ？

――あ、そもそも私ライバー以外に友達いなかったわ、あはははははー。

「げげごぼうぉぇっ」

「ど、どうしたのですかあわちゃん先輩？　キャラが濃すぎるスパイが二人になってしまっては、流石《さすが》の園長でも対応が難しいのですよ……」

「嘔吐《おうと》……限界まで満腹にした状態でロングフィットをやって、吐いたら負け縛り……ありかもしれない」

「やめなさい、配信内で吐くのだけは本当にやめなさい、大変なことになるから」
「異常なほどの説得力なのですよ～」
：経験者は語る
：嘔吐で業界の頂点に昇りつめた女だ、面構《つらがま》えが違う
：ゲロで吐瀉《としゃ》物と同時に体の中の清楚《せいそ》も吐いてしまった女
：**ゲロ式人生革命　￥10000**
：体の中もなにももともと体の外に張り付いているだけだったでしょ
：あれ？　吐くのも意外と悪くないのでは？
：神に愛された外見の美少女という前提条件がクリアしているならワンちゃんある
：なるほど、よし、ゲロ式配信の準備してくる
：自己肯定ＭＡＸニキ嫌いじゃないよ
「ねぇ光ちゃん、貴方《あなた》は一体どこを目指しているの？」
「勿論《もちろん》世界最強の生物だよ！」
「即答!?　それならなぜ道場とか行かずにVTuberになろうって思ったの!?」
「VTuber＝電子生命体＝あらゆる攻撃が効かない＝世界最強。光天才でしょ！」
「ＱＱＱ、証明失敗」

「ＢＢＱ、お肉食べたいですよ～」

：人と生まれたからには、誰でも一生の内一度は夢見る「地上最強の生物」。VTuberとは、「地上最強の生物」を目指す格闘士のことである！

：まぁVの者のVはVictoryのVだからな

：VTuberってすごい（小並感）

：生まれる国と時代を間違えたのか逆に運が良かったのかもう分からん

：園長現実逃避してて草

「本当に……ライブオンの面接とかどうやって突破したんですか？」

「どれだけ強くなりたいかをひたすら力説したら『そっかぁ！』って言ってて気づいたら合格してたよ！」

「もう諦めたっていいじゃないか、人間だもの、あわを」

「そろそろ次のクエスト行くのでーすよ～」

その後も配信時間終了まで狩りを楽しんだのだが、普通に考えたら楽になるはずのマルチプレイなのに、ソロプレイより疲労感が大きかったのはおかしくないだろうか？

まぁワチャワチャと騒いで楽しかったのも事実だから、いい思い出かな。

でも流石に次は落ち着いてゲームを正攻法に楽しみたいな。

まぁでもいくらなんでも次はここまで酷《ひど》くなることはないだろう。次のコラボプレイを楽しみにして今日は寝ましょう。

おやすみ～……。

――そして翌日。

「ハチミツください、なぜなら還《かえる》は赤ちゃんだからです」

「えへへ……還ちゃん……久しぶりに会えたね……ママだよ、シオンママが会いに来たよぉ……前は企画の運営があったから我慢してたけど、今日こそはママの子にしてあげるからねぇ……」

「こんましろー、ましろんこと彩ましろです。絶対に疲れるから念のため明日マッサージの予約を入れてきました」

あ、だめだこれ、ライブオンに救いなんかなかったんや、スト○○飲みます。

：えげつないメンツ集まってて草

：ライブオンを四人はまずいですよ！

：この人達モンスターを倒す前に絶対やらないといけないことあるでしょ

：赤ちゃんとママとスト○○とイラストレーターのパーティーとか逆に何が起きたら結集できるの？

：総合格闘技かな？

：ツッコミのましろん過労死案件
「ハチミツください、赤ちゃんが求めてるんですよ？　ほら、はよプリプリプリーズ」

「なんかうざめの某黄熊みたいに思えてきたね。還ちゃんとは僕絡《から》んだ回数少ないけどもう嫌な予感しかしないよ」

「私もハチミツください。レモン味でシュワシュワしててアルコールでハイになれるやつ所望です」

「シュワちゃん、それはハチミツとは言わないよ。というか僕一人でツッコむの疲れてきたな、シオン先輩、ヘルプ貰《もら》えますか？」

「ほら還ちゃん！　こっちにハチミツあるよ、おいで！」

「なんか混ざってそうで怖いので遠慮します」

「シオンママのハチミツだよ？　飲めるよね？　え、飲めないわけないよね？」

「もう全部が怖いです」

「だめそうだね」

スト○○を飲んだらあら不思議！　あれだけ目を疑いたくなったパーティーでも今はご機嫌で仕方ないシュワちゃんだどー！

本日も頭の中０にしてぶっとばしていきましょー‼

「ほら、早くミツだせや、我赤ぞ？　お？　赤のこといじめたら世間が黙っとらんぞ？」

「この子同期のヤーさんの影響受け始めてない？　というか赤ちゃんにハチミツってだめって僕聞いたことある気がするんだけど」

「なんかモン狩りで赤ちゃん認定されたかったらこのワード言っとけってリスナーママに言われたんですよ」

「なるほど、知らない人の為《ため》に説明するとモン狩り業界で今のワードは初心者認定が一発で貰える魔法のワードなんだよ。まぁ大体の場合ヘイトを集めるんだけどね、多分還ちゃん騙《だま》されてるよ」

「なんだって⁉　うえぇぇんねぇママ！　還騙されちゃった……慰めて？」

「だってよシュワちゃん」

「貴殿のママは私ではない」

「そう！　その通り！　このシオンママこそが本当のママなんだよ！　さぁ還ちゃん！　こんな冷酷な酒頭なんて捨ててこっちに来るんだ」

「ぇ……でも、ママはママだから……確かに還のママは下ネタが大好きで女好きでお酒に目が無くて簡単に浮気《うわき》して女とSEXしてると思ったら次の瞬間にはスト○○とSEXしているような人だけど、それでもただ一人のママだから……」

「こらこら、なのに外面だけはいいから多くの人をフィッシング詐欺しているのを忘れてるど」

「自分で付け足すのか」

くぅ！　相変わらずの淡々としたましろんのツッコミがたまらねぇぜ！　なんかホームに帰ってきたって気がする！

やっぱり私にとってましろんは一般の人が思う実家のような存在なんだよなぁ。居るだけで安心できる存在ってやつよ！

「ねぇねぇましろん、いきなりなんだけどさ、ましろんにとって私ってどんな存在？」

「え、スト○○」

ねぇやばい！　私が実家だと思ってた人は私のこと155円で買える缶チューハイだと思ってたよ！　こんなことある？

「還はママだと思ってます（断言）」

「シオンママもなんだかんだ手のかかる子だけど大切な娘だと思ってるよ！」

「おお！　いいねいいね！　こういう答えを期待してたんだよ！　そんでましろんは？」
「え、スト〇〇」
「わっつぁふぁーふぁー……」
うん、あれだな、多分二人きりじゃないから照れてるんだな、うん、そういうことにしておこう。
：むしろ先輩と後輩からママと娘って思われていることの方がおかしいのでは？
：確かに、勢いに押されて気づかなかったわ
：ただいま、自分のことを赤ちゃんだと言い張って先輩を脅迫した二十代後半の女性を確保しました
：普通にヤバい事件で草
：即答するましろんになぜか愛を感じた
もうこのまま雑談配信にしても楽しめそうな気がしてきたけど、期待して配信に来てくれたリスナーさんの為にもそろそろ当初の目的を遂行しようか。
今回討伐しに行くのは『プルプル』という名前のモンスター。コメントの反応を見るにリスナーさんからも人気のモンスターみたいだ。
「プルプルってどんなモンスターなんですか？　還初見なので全く知らないのですが」

「シオンママも知らないなぁ。でもこんなにかわいい名前してるんだから絶対かわいいでしょ！　コラーゲンたっぷりみたいな！」

「そんな気が私もするどー！　処女膜の奪いがいがあるモンスターだといいなぁ。あ、ましろん確か経験者だよね？　どんなのか知ってるんじゃ？」

「……まぁ確かに知ってるけど……うん、名前の通りプルプルしたモンスターだよ」

「「おお！」」

これは期待が高まってきましたなぁ！　私のランスも暴発寸前だぜ！

てなわけでクエスト行くどー‼

「それでは今回の狩りのスターティングメンバーを発表する！　まず最初は私ことシュワ！　そしてましろん！」

「うぃー」

「シオンママ！」

「はい！」

「還ちゃん！」

「はい！」

「帰国の準備をしろ」

「諦めないでやんす！」

：プルプルはらめぇ！

：嘘《うそ》は言ってない

：実際かわいいからな

：シュワちゃんあれとヤルのか、頑張れ！

：通過儀礼

：還ちゃんが楽しそうなのが一番嬉《うれ》しい、あったけぇなぁ

いざクエスト開始！

この充実しながらも血なまぐさい狩人《かりゅうど》生活の中で滅多に出会えない癒やし枠ということで、プルプルに会うために私たちは皆ダッシュで向かったのだが……。

「「「…………」」」

その姿を見たとき、数秒の間ましろんを除いた三人は揃《そろ》って足がピタッと止まり、そして無言になっていた。

いや分かる、多分視線の先にいるあの龍みたいなシルエットのモンスターがプルプルなんだろうなってことは分かるんだよ。

だって全身プルップルしてるもん、もう潤いありすぎてなんか変な液体滴《したた》ってるくら

い。しかも全身真っ白な美白さんで、それはもう白すぎて中身の血管が透けて見えてるくらい。

色素薄い系の潤いボディ、もうプリンみたいにプルップルだ。

でもさ……全部が明らかにやりすぎてグロモンスターみたいになってないですかこれ……？

「ま、そうなるよね。ほら、呆然《ぼうぜん》としてないでさっさと行くよ」

「あ、ちょっとましろん待って、説明を」

『ぐぎゃあああああ‼‼』

「うるせえええええ⁉⁉」

躊躇《ちゅうちょ》なく突撃していったましろんに抗議をしようとしたところ、こちらに気づいたプルプルの鼓膜を突き破るかのような絶叫にかき消された。

ヒイイイ⁉　こっち向いて初めて気づいたけど顔もめっちゃ怖い！　口以外のパーツ全て付け忘れたみたいな顔してるんだけど⁉

「おいましろん！　対○忍の登場キャラをモン狩りに出したらダメでしょうが！　R18になっちゃって子供がプレイできなくなっちゃうよ！」

「せめてホラゲーのキャラって言ってほしかったな」

「還、帰国の準備をしろ。分かったでやんす！」

「こら還ちゃん！　クエストリタイアして帰宅しようとするな！　君は立派なスタメンなんだよ！」

「ママさっきと言ってること違う！　親の背中を見て子は育つんだから責任を持った発言をしてください！」

「そんなんもうどちゃしこって言ったときから諦めてるわ！　もし私が全ての発言に責任を持っていたら毎日懺悔《ざんげ》室通いですよ、いずれ懺悔室の神父さんもぶち切れて私が懺悔する前に説教スタートですよ。懺悔室も生徒指導室に早変わり！」

「知らないですそんなの！　というか還は働きたくないんですよ！　なんで狩人なんかやらないといけないんですか！　赤ちゃんが働くなんて社会問題です！」

「逃がすか！　アラサー女を今日こそ赤ちゃんから引きずり出してやる！」

「どけ！　還は赤ちゃんだぞ！」

「さっきから戦ってるの僕だけなんだけど……」

：予想通りかつお手本のような反応
：モン狩りの伝統だな
：シュワちゃん教会の中でお祈りしながらスト○○飲んでそう

：聖水（スト○○）
：大罪司教強欲担当　シュワチャン・スト○○ノンデゴメンディ
：懺悔室なのに呼び出されてそう
：草
：自分で自分に戦力外通告するなwww
：セルフ戦力外やん

　くっ、クエストを選んでしまったものは仕方がない、一人のましろんがかわいそうだし、重たい腰を上げてそろそろ私も加勢するか。

　還ちゃんも何とか愛用している弓を手に取ってくれたみたいだ、よかったよかった。

　……ってあれ？

　前進を始めた私たちからシオンママのみ未《いま》だにじっと石のように固まっており、置いていかれそうになってしまっていた。

　そういえばさっきから騒がしくしている私たちの傍《そば》で、シオンママが一言も言葉を発していなかったし、どうしてしまったのだろうか？

　もしかしてプルプルがプルプルしていてもプルプルはしていなかった精神的ショックで心に深い傷を負ってしまったのだろうか？

そうだよな、シオンママは女の子らしくかわいいものとか大好きだからな、ナ〇トのゲームかと思って買ったら対〇忍だったときと同じダメージがあったんだろうな……。

よし、こうなったら数多《あまた》の回数シオンママに心労をかけてきた実績のあるこのシュワちゃんがメンタルケアをしてやるけんね！　自分自身を反面教師にしてやるのさ！

まずはこんな時私はいつも何をシオンママに言っているかを考えます。えーっと……。

『シオンママ元気出して！　ほら、きっとあのプルプルから出てるぬるぬるをキメたら感度３０００倍になれるよ！　きっとビクンビクンどころかビクビクビクビクって打ち上げられたお魚さんみたいになっちゃうね！　そうだ、私と一緒に感度３０００倍１００ｍ走しましょう！　どっちが這《は》いつくばってビクビク痙攣《けいれん》しながら速く走れるか勝負だ！』

よし、これの意味を反転します。そうすればきっとシオンママのメンタルを一発で回復させる神の一声になるはず！

『シオンママ元気出して！　ほら、きっとあのプルプルから出てるぬるぬるをキメたら感度が無くなるよ。きっとなにをしてもなにも感じなくなっちゃうね。そうだ、私と一緒に感度無くしてぼーっとしましょうよ、どっちが人生を虚無にできるか勝負です』

なんか目に光が無い病み系ヒロインみたいになっちゃった！

これではダメだ、もっといい手段を考えなければ……。

そう思い頭を回転させてネタを考えていた私だったが、ふとシオンママの呟《つぶや》くような小さな声が聞こえた。

「かわいい……」

「「は？」」

そしてその声には不思議と熱が籠っているようにも思えたのだった——

「あのー……シオンママ？　今なんと？」

私が恐る恐る尋ねると、シオンママはさっきの無言とは一転興奮した様子で喋《しゃべ》り出した。

「プルプルちゃんかわいい！　なんかぽてぽてしててどんくさそうなところとか、泣き虫さんなところとか……まるで赤ちゃんみたい……」

耳を疑いたくなるような言葉を残してまた恍惚《こうこつ》とした熱を持った視線でねっとりとプルプルの観察を再開するシオンママ。

は？

「なぁ還ちゃんや、君の目にはあの3Dエロアニメで既視感がある未知の化け物は赤ちゃんに見えるかい？」

「エロアニメどうこうは知らないですけど、あれを赤ちゃんと呼ぶのは心から納得できませんね。赤ちゃんというのは還みたいな手がかかるけどかわいい子のことを言うんだよ」

「君のことも普通は赤ちゃんとは言わねぇよ。ただの手のかかる大人だよ」
「ママは何を言ってるんですか？　自立している、つまり手がかからないから大人というんです。その点一人で生きていくことが出来ない還はもっとも大人から程遠い存在だと言えるでしょう」
「自分で言ってて悲しくならない？」
「ならないです。なぜなら還は赤ちゃんなので」
：シオンママの精神状態が心配
：モン狩りの萌《も》えキャラ枠の魅力が分かるとは、いつか一緒にアルビノエキスを飲みたいな
：俺はついていけるだろうか、シオンママの生きる世界のスピードに
：もし男が追い付いちゃったら犯罪案件だから引き返して
：男の娘ママかもしれないだろ
：男なのか娘なのかママなのかはっきりしろ
：草
：いやぁ～それにしてもプルプル戦はやっぱ神ＢＧＭ
：ＢＧＭもなにもこいつＢＧＭ一切無しの無音なんですが……

：プルプルはかわいい。異論は認める。ただし聞く耳は持たない
：うまい
：BGMはシーンを引き立てるためにあるわけだ、一切の主張をやめて主役を際立《きわだ》たせる逆転の発想は音楽界のピカソのよう
：アート界ぶち切れ案件
：サビがいい
：サビどこだよ
「流石《さすが》にこのままじゃだめか。還ちゃん、協力してシオンママをこっち側の世界に連れ戻すぞ！」
「承知しました。ゲテモノ界から赤ちゃん界に連れ戻して還のママになってもらいましょう」
「これを機にスト○○界に引きずり込んで同士を増やしてやる、売り上げに貢献だ！」
「どっちにしても地獄じゃない？」
：だめだこいつら、早く何とかしないと
：ましろんの冷静なツッコミがすこ
：今は協力してるけどいざ共通の敵がいなくなったら方向性の違いで対立しそう

：冷戦かよ

：世間が冷たい戦争、略して冷戦

　まずは私からいくぞ！

「シオンママ、ほらよく見て、あんなの化け物絶対かわいくないですって、ほら、近寄るだけで丸呑《まるの》みされそうですよ」

「子の為《ため》なら糧《かて》となるのが母の使命、私はどんな子だろうと見捨てないよ！」

「酒カスセクハラ女を赤ちゃん扱いしてるから説得力やべぇな。あ、いやそうじゃなくて、ほら還ちゃんが浮気《うわき》されたって悲しんでますよ？」

「え？　本当に？」

「本当です、ねぇ還ちゃん？」

「おぎゃあああ！　うんぎゃあああああ‼」

「プルプルみてぇだなこいつ」

「おいママ、裏切るな」

「ごめんごめん、ほらシオンママ、還ちゃん泣いちゃってますよ？」

「そうだよね……育児放棄なんて絶対だめだよね……よし分かった！」

お！　やったか⁉

「それじゃあこれからは還ちゃんはプルプルちゃんの妹にしてあげる！　ちゃんと姉妹揃《そろ》ってかわいがってあげるからね！」

「よかったね還ちゃん、赤ちゃんの地位は守ったうえに義妹なんていう最強クラスの属性キャラゲットだよ！」

「ママはさっきからどっちの味方なんですか⁉　あんなのと姉妹になるのなんて就職と同じくらい嫌です！」

「就職の嫌《けん》悪《お》度高すぎるだろ」

「働いたら負けだと思ってるので」

『ぐぎゃあおおおおおあ‼‼』

「あはあああ子宮に響く声ええええええぇぇぇぇ‼‼」

だ、だめだ！　もうシオンママは帰れないところまで来ているのかもしれない！

くっ、こうなったら実力行使しかない！

「還ちゃん！　ましろんに加勢していち早くプルプルを仕留めるぞ！　シオンママを止めるんだ！」

「還の弓術、お見せしましょう」

「こらあああああ‼　愛《いと》しのプルプルちゃんを攻撃するなぁ‼‼」

「ちょ⁉　攻撃の邪魔しないでくださいシオンママ‼」

「還の矢を体で止めた⁉」

「なんか討伐対象が一人増えたんだけど、僕疲れてるのかな……」

その後、主に外的要因で苦戦を強いられる羽目にはなったが、なんとか無事にクエストをクリアしてシオンママを元に戻すことが出来た（戻った先が正気なのかは不明）。

もうね、一人チームが増えたらその分狩りが疲れるんだからゲーム会社もびっくりだよね。

でもこの騒がしさもみんなでゲームをやる楽しみでもあると私は思った。ゲーム内容は文句なしに面白かったし、これからも遊び続けていきたいな。

結論からすると、モン狩りの世界でもライブオンはライブオンみたいです……。

シュワちゃんのカステラ返答

さてさて、今日も今日とてシュワちゃんの配信時間がやってきましたよ！

コラボ連打も一区切りがつき、今夜は一人でカステラ返しがメインの雑談配信だ。

一人も気楽で楽しいものだよ。適度に肩の力が抜けるからいつものような騒がしさはないかもだけど、コラボの時よりリスナーさんとの距離が近く感じるからそれも気に入っているんだよね、コラボ相手がリスナーさんみたいな感じだよ。
……あーでも、ソロ配信といえば、もうすぐ聖様の収益化がなくなってから一週間ちょいほど経《た》つけど、聖様が配信は再開したもののソロ配信ばかりなのは気がかりかもしれない。今度私から誘ってみようかな？

「プシュ！　皆お待たせ！　シュワちゃんが来たどー！」

：どー（ましろん感）
：キタキタ！
：最近シュワちゃんの声を聴かないと寝れなくなったから助かる
：アルコール中毒かな？
：シュワちゃんガチ恋勢のことアル中って呼ぶのやめてあげて……

「ゼーロー（美声）、はいということで始まりました news ST**NG ZERO のお時間です。それでは恒例のカステラ返答をやっていきましょう、まず最初はこちら！」

：ゼーロー（酒声）
：強そうなニュース番組が始まったな

：絶対今思いついたでしょ……

：結局 news すらしないの草

：ゲーロー（放送事故）

@一缶いこうぜ！　byスト○○@

「オトモスト○○ちゃん実装はよ」

@間違って冷凍庫にスト○○を入れてしまいました……。

早く救出せねばと思う半面、怖くて扉を開けることができません。

こんな私に扉を開き、スト○○を救う勇気をください！

なお3日前に入れたものと思われ@

「缶を破壊して取り出す、なんらかで削る、これだけで苦めの大人なレモンかき氷に早変わり！お好みでシロップをかけてどうぞ！　byミシュラン0星シェフのシュワより」

@ウォッカ、レモン、人工甘味料、液体窒素を購入してスト○○自作しません？　もちろん経費で。そしたらいつでも出来立て、つまりロリなスト○○が堪能《たんのう》できます。しかも生まれた時から成人済みの合法ロリですよ！　舐《な》めたり飲んだりできるんです!!

……ウッ……フゥ……。

おねロリ、ありだと思います@

「うーん……私スト○○って材料だけじゃなくてなにか特別なものが入ってる気がするんだよね。ほら、彼女が作ってくれた料理とかって味のほかにもなにか心が満足する感じあるでしょ？　だからね、私は愛しのヨントリーちゃんが作ってくれたスト○○を飲みたいわけだよ。それはそれとしておねロリは世界無形文化遺産、ロリにドギマギさせられるお姉さんはどちゃしこだぞ」

@今寝込んでるから思い浮かんだんだけど、シュワちゃんはライバーの中で誰に看病してもらいたい？　また、どんな看病をしてほしい？@

「だるいからだで目を覚ますとそこにはちゃみちゃんが心配そうな顔をして手を握っているんだ、私が『風邪うつっちゃうよ？』と言うと光ちゃんは『最強の私が風邪なんかやっつけちゃうよ！』なんて言って私に勢いに任せた口づけをする。びっくりしながらも目を閉じた私が数秒後に解放されて目を開けると、そこには顔を赤くしながらも悪戯《いたずら》っ子みたいな笑みを浮かべているましろんがいるんだ。そして私はそれに幸せを感じるんだよ」

：オトモスト○○とかどうやって戦うんだよ……

：ミシュランにめちゃくちゃバカにされてて草

：この世で彼女の手料理と量産された缶飲料を同列に語る人間が居るとは思わなかった

：最後のカステラは登場人物を安定させろ

::三人一役はカオスすぎて草　¥2525

::同期の三人に看護してほしいって言えばいいのにどうして一人に押し込めようとしたのか……

「あと今のカステラの人寝込んでるって大丈夫？　せめて元気が出るように配信頑張るから見ててな！　でもな、カステラがマジでほとんどスト○○関連なのは私のせいじゃないから勘弁してな‼　もうカステラじゃなくてスト○○一発芸選手権の会場になってるからね、カステラじゃなくてスト○○ぶん投げてるのおかしくないすか？」

@実際ましろんとはどこまでいっているんですか？@

「ふははは！　そりゃあもう心は完全に繋《つな》がっていますよ！　その証拠に最近通話してると私が機嫌良いときとか疲れてるときとかに一切言葉にしなくても気が付いてくれるからね！　きっと私のことが大好きすぎて心が読めるようになっちゃたんだねましろんは！　も〜心の中盗聴されるの恥ずかしぃ〜！」

::てぇてぇ！

::恥って感情あったんですね

::シュワちゃん普段がやばすぎて盗聴されてもなんも問題ないでしょ

::声ではなく人生で裸の心を歌っている女

：なるほど、あらかじめ喋《しゃべ》っておけば盗聴にはならないもんな、肉を切らせて骨を断つ

盗聴対策とは新しい

：それ多分肉も骨もどっちもやられてるどー

〈彩ましろ〉：心なんて読めません

：はっきり否定されてて草

「もう恥ずかしがっちゃって、しょーがないなぁましろんは、ほら、いいこと伝えてあげるから今の私の心読んでみ？　ほら大好きなシュワちゃんの心の中読んでみ？　ましろんもましましるんるんになっちゃう嬉《うれ》しい言葉伝えてあげるから読んでみ？」

……

……

……

：いつまで待ってもましろん来なくて草

：帰ったな笑

「嘘《うそ》だろ？　ましろーん？　おーい⁉　早く私を盗聴しろよ！　この行き場をなくした私の思いはどうすればいいんだよ⁉」

：盗聴しろよは草

：盗聴懇願メンヘラオカルト女
：世にも奇妙な物語かな？
：そのまま行き場をなくしてた方が多分幸せですよ
：どうせろくでもないしなwww
：心繋がりでシュワちゃんの心音ASMR聴きたいです
：いいなそれ
：心音なのになぜか炭酸の音しそう
：スト○○ちゃんの心音ASMRも聴きたいです！
：それよりスト○○ちゃんとシュワちゃんの心音サンドイッチが聴きたいです！
：心音サンドイッチってなんか響きが萌《も》え系のエロゲのタイトルみたいだよね
：心音どころかスト○○ちゃんには心すらないやろ
：アランカルかな？
：XIII機関でしょ
：どっちもちげぇよ
：スト○○ちゃんは無表情で一見冷たいけど一度心を通わせ合ったら温かいクーデレちゃんだぞ

：スト○○がキャラクター扱いされてるのおかしい……
：スト○○はライブオンの名誉三期生だから
「もういいもん！　シュワちゃんおこです、ましろんに伝えようとしていた愛の言葉、ここで公の目に晒《さら》してやりますよ！　聞いてください、『園長のおっぱいはライブオンの組長、そしてましろんのおっぱいはライブオンのまな板』」
：けなしてて草
：だから行き場をなくしてた方が幸せだと……
〈彩ましろ〉：もう怒った、次からしゅわちゃんのイラストもおっぱい全部えぐらせて描いてやる
：親子喧嘩《げんか》勃発
：貧乳言われると拗《す》ねるましろんすこ
：ましろんに乳があったらそれはもうましろんではない
「お、ましろんみっけー！　やっぱり居たんだね！　もうツンデレさんだなぁ。大丈夫、さっきのは嘘で本当は愛で溺れそうになるくらい甘い言葉伝えてたからね！」
〈彩ましろ〉：もう寝ます
：妄想が捗《はかど》る

：これ絶対ましろん照れてるでしょ！

：考察班です、照れている以外認めません

：考察をしろ

〈相馬《そうま》有素《ありす》〉：私も淡雪殿の心を読めるのであります！　『有素ちゃんはスト○○と同じくらいかわいいね』と言ってたのであります！

：有素ちゃん、それ自分の心を読んだだけでは？

：最上級の褒め言葉で草

：草通り越してハードプラント

〈朝霧晴〉：心読んだけどあっちあちだね///

：ハレルン!?

：読めるのか!?!?

：嘘だと思ったけど天才のハレルンなら読めても不思議じゃないか

：内容を！　内容を教えてください！　なんでもしますから！

「晴先輩、後輩のプライバシーは守ってくださいねー」

〈朝霧晴〉：うーい

：シュワちゃんはまず自分のプライバシー守ろうか

：口止めするということはやっぱい甘いセリフを!?

「あ、晴先輩、そういえば先輩にはまだ言ってなかった気がするので言っておきますね、SEXしません？」

：頭おかしくて草

：息をするような性交渉、俺じゃなきゃ見逃しちゃうね

〈朝霧晴〉：そんなコンビニ行く？　みたいなノリで誘われるとは思わなかった、後でセイセイに身代わり頼んどこ

：ここまで自然に誘われたらどんな女の子でもキュンときちゃうね

：キュン（警察呼ばなきゃ）！

：スマートすぎる、保健体育の教科書に載せたほうがいいレベルだ、世の男子は見習ってどうぞ

：明日から少子化なんて言葉なくなるな

：貞操喪失世界

：カラーCG集系のエロ漫画でありそうな設定やな

：ポリスメンカモーン

：ノルマ達成

愛《いと》しのましろんと晴先輩が来ちゃったから少し話が逸《そ》れちゃったね、そろそろカステラ返信に戻りますか！

「えーっと、次のカステラはーこれだ！」

＠初恋のアニメキャラは誰ですか？

ちなみに私はカードキャプターさ○らの知世《ともよ》ちゃんです。＠

「あーこれねー、好きなアニメキャラなら結構浮かんでくるんだけど、初恋ってなると誰かな……皆は誰が浮かぶ？」

：初恋だったら綾《あや》○レイ、ここからオタク人生が決まった

：コード○アスのユフィ、多分初恋だった

：それが言いたかっただけだろｗ

：ちび○○子ちゃん、前髪がワニの歯みたいでかわいい、食われたい

：は？

：特殊性癖すぎんか？

「おー、アニメの話はやっぱり盛り上がりますなぁ！　私はー……多分だけどコ○ンの灰《はい》原《ばら》ちゃんかな」

：あー、なんか分かるかも

：絶妙に分かるライン
：ほんまか？
：青少年性の目覚め執行隊筆頭
：保健体育の先生じゃん
：色んな人がいるんやなー
：純粋な気持ちで見ていた俺を褒めて欲しい
：当たり前のように女キャラで誰もそれに疑問持たないの草
：ロリコンですか？
「ろ、ロリコン言うな！　あくまで子供のころの初恋の話じゃい！　いやね、元は大人の設定があるとはいえあの凛《りん》とした声や仕草の中にふとした時の女の子らしさを併せ持っているのはもう子供の放っていい色気じゃないと思うのよ。でもそれが当時の自分と同じ子供の体に詰まっている、それが謎の親近感を呼び起こしたわけで、それが刺さったというかね？」
：早口オタクになるなwww
：いや～きついっす
：正直分かるんだけど語っているの聞くのはきついっす

：手のひら返されてて草
：黒ずくめの男の怪しげな取引現場を目撃した!!　取引を見るのに夢中になっていたオレは……背後から近づいて来るもう一人の仲間に気づかなかった……オレはその男に媚薬《びやく》を飲まされ、気がついたら……股間が膨らんでいた！
：ＢＬ同人誌の導入やめろ
「真面目にカステラに答えただけなのに……もう次いきます……」
＠【ゲロロのマーチ】
ゲロッ！　ゲロッ！　ゲロッ！
いざ吐いて～っ　リスナー侵略せよ
ゲッゲロッゲロ～！
酒持って配信後にはいつも飲む
リスナー↓「気を付け～！　目を覚ませぇぇぇぇ！」
淡雪配信切り忘れ
朝目が覚め　電話かかる
ゲロ吐きながら配信切る
リスナーの反応どうだろ

なんじゃこらヤバイねトレンド1位っ！＠

「すこすこのすこ、でもカステラだけで完成されてるから私はどう反応しろと？　もう歌うか！」

：文字だけなのにあのリズムが聞こえてくる秀逸さ
：本当に歌い始めて草
：シュワちゃん宇宙人説
：え、地球人なの？
：ゲロロって本編に居たっけ？
：アニメで艦長として出ていたような？
：ほへー、パロディ多めでネタ全般も面白かった記憶があるから見返してみるか

「……そういえばさ、有素ちゃんって軍曹と語尾似てるよね？　さてはあの子こそ宇宙人なのではないか？」

：あっ（察し）
：お前は知りすぎた

〈相馬有素〉：デビ○ーク星出身なのであります！　淡雪殿と結婚するために来たのであります！

：：サ〇スに滅ぼされた星じゃん
：：あんたは存在しちゃあいけない生き物だ‼
「ちゃんと尻尾生やしてから名乗ってどうぞ」
＠もしオリジナル曲を出すとしたら、歌唱力に物を言わせた激エモ（あわちゃん用）か、ネタに極フりした電波曲（シュワちゃん用）か、どちらがいいですか？＠
「本音を言うならどっちもやりたいけど……オリジナル曲かぁ、自分の為《ため》の曲とか憧れるなぁ、皆はどっちが聴きたい？」
：：電波な方、ドラムパートを全部スト〇〇から出た音で収録しよう
：：スネアがプシュ！　ハイハットが空き缶叩《たた》いた音、タムは中身有り、バスはシュワチャンのゲロ式ボイスでいける
：：それシュワちゃんのオリジナル曲というよりスト〇〇の宣伝曲なのでは……？
：：シュワちゃんから出る音もスト〇〇から出る音扱いされてて草
：：激エモな方がいいかな、あわちゃん歌うまいからどんなジャンルでもいけそう
：：肝臓から声出てるからな
：：これがやまちゃんが言ってた臓声ってやつか
「おー色んな案出てきますなぁ！　……そうだ、あわとシュワのコラボ曲とかどうよ！

一粒で二度おいしい！」
：天才現る
：めっちゃ聴きたい！
：シュワがボケてあわがツッコむ感じかな
：夢のコラボ
：絶対おもしろいやん！
一気に流れが速くなるコメント欄、やっぱり歌って人気があるんだなぁ。
結構いろんなことに手を出してきたつもりだったけど、こうやって話しているとまだまだ世の中には未経験なことの方がよっぽど多いことに気づかされる。
うん、今度運営さんと相談して活動の枠を広げてみようかな！
@今までで一番驚いたことはなんですか？@
次のカステラは……ＯＫ、これまた記憶を遡る旅に出ないといけないな。
んー……そうだなぁ……。
「真っ先に思いついたのは配信を切り忘れた話だけど、流石《さすが》に皆も知ってるから除外して……あ、Ｓ〇ＧＡの人かな、あれは本当に驚いた」
：驚きすぎてゲロ吐いたくらいだもんね

：言葉にするとそれだけで面白いなwww
：S○GAの人？
：謎な人物が出てきたな
：あの大手ゲーム会社のS○GA？
「そうそう、これだけだと意味わからないよね、順を追って説明するどー！」
：はーい
：オナシャス！
：シュワちゃんのことだからどうせろくでもない話なんだろうな笑
：ソロ配信のときとか完全にトークで魅せるお笑い芸人だからなwww
：**ワクワク　¥211**
「それではお聞きください――」

そう、あれは私がまだブラック企業に入る前、人生に希望を抱いて根拠のない将来を思い描いていたキラキラの高校生だったときの話だ。
当時の私は休日を繁華街で遊ぼうと、仲の良かった友達と二人で住宅街からバスに乗っていた。

別にここまでは普段となにも変わらないよくあるシーン、乗っている乗客も特に一目で奇抜と感じる人はいない。

だけど一人、私の斜め後ろの席で、隣に誰も座っていないので窓側の席で背もたれに首を預けて気持ちよさそうに眠っていたスーツ姿の男性……彼が放った一言でバスの中が一瞬にして非日常の世界に引きずり込まれた。

「S〇～GA～（美声）」

「「「!?!?」」」

S〇GAの広告やゲーム起動音などで皆も一度は聞いたことがあるだろうあのやけに美声のS〇～GA～が眠っている男性の口から、それはもうCD音源かってくらい完璧な音程で再生されたのだ。

当然皆は反射的に振り向いたが、男が眠っていることを確認したらすぐに前に向き直る。

だがバスの中に安泰が戻ることはなく、逆に異様な緊張感が漂い始めた。

なぜS〇GAなんだ？

寝ているのにどこからあんな美声を出しているんだ？

S〇GAの回し者？　いや、さてはせがた三四郎か？

メガ○ライブってル○バみたいだよね。

いやどんな夢見たらその寝言が出てくる？

一人一人が思考を完全にS○GAに占拠され、浮かび上がる疑問の数々を考察し始める。

やがて正解の見えない疑問は未知への恐怖へと変わり、皆が神妙な顔で凍える背筋を伸ばし、冷や汗を流し始めた。

そんな中運転手さんは驚きながらもなんとかバスの運転を続けてくれていたようで、ほどなくして次のバス停に到着した。

ちなみにこの間、バス内の会話は0である。友達と隣り合って座っていた私たちでさえ不思議と声を出すことが出来ずに正面を向いて固まっていた。

そして次のバス停に着いた時、この緊張はある程度ほぐれることになる、寝ていたS○GA男がバスの停車音で目を覚ましたのだ。

幽霊に取りつかれていた人が正気に戻ってくれた時と似たような感じだろうか、男の目が覚めた＝S○GA男が遠ざかったように皆は思ったのだろう、バス内に安堵《あんど》の吐息が聞こえ始める。

……そんな時だった、止まったのがバス停なので事情を何も知らない数人が新たにバスに乗り込み、そのうちの一人がさっきまで眠っていて今も寝ぼけ気味の男の隣の席に近づいた。

そして——

「すみません、隣の席座ってもよろしいですか？」

「S○〜GA〜（美声）」

「え？」

「「「え⁉⁉」」」

世界は再び闇に包まれた。

乗客は皆再び男に振り向き口を開けてポカーンとしている。

座っていいか聞いた人は何が起こったのか分からないのか呆然《ぼうぜん》としている。

「……え？」

終《しま》いには眠っていた男さえ自分が何を言ったのか理解できていないようで自分自身に驚いていた。

……結局、私と友達が目的地で降りるまで、異質な空間は続いたのだった——

「——っていう話なんだけど、皆どう思うよ？」

：場を想像したらシュール過ぎて草
：最後の最後まで意味不明で草
：世にも奇妙な物語とすべらない話のコラボかな？
：どう思うって聞かれても当然「え？」ですよ
：その男何者なんだwww

話が終わった後のコメント欄は、予想通り戸惑いと笑いの入り乱れたカオスなものになっていた。

「ほんと彼には何があったんだろうね……ちなみに私はS○GAの潜伏宣伝員説を推してます」

：潜伏工作員みたいに言うな
：ステルスマーケティングってこうやってやるのか
：確かにその場に居た人全員がS○GAのことしか考えられなくなったから宣伝大成功だな
：ただのS○GAオタクでしょ（名推理）
：そんな場に居合わせたら絶対噴き出してるわ笑

「いや、言っておくけどめちゃくちゃ怖かったからね⁉　脳の理解を完全に超えた現象を目《ま》の当《あ》たりにすることってなかなかないと思うけど、得体の知れない恐怖ってのは冗談抜きで身の毛もよだつ思いだったよ……」

以上が私の思いつく今までで一番びっくりした話でした。

だが私は知らなかった……こんな話をしたせいで、更なる驚きが私に白羽の矢をたててしまったことを……。

聖様の収益化奪還計画

鈴木《すずき》さんとの直接会う打ち合わせの日だった。

打ち合わせ自体は問題なく終わり、その後一緒にランチも終えたのだが、いざ帰るかとなったところで事務所に忘れ物をしていることに気づいた。

一旦事務所に戻り、無事に忘れ物も回収できて今度こそ帰ろうかと思ったとき、事務所の廊下で見知った人物が通路端に設置されているベンチに座っているのを見かけた。

「あれ？　シオン先輩？」

「はい？　あ、淡雪ちゃん！　こんにちはー、こうしてオフで会うのは久しぶりだね！　打ち合わせ？」

「こんにちは。はい、正確に言うと打ち合わせの忘れ物の回収ですが……」

「おやおや、だめだよ～淡雪ちゃん！　焦《あせ》ってないところを見ると今日は大丈夫だったのかもしれないけど、忘れ物一つが大きな影響を及ぼすこともあるんだからね！」

「その通りですね……肝に銘じておきます」

「というわけで今後淡雪ちゃんが忘れ物をしないように私が全ての予定に同行して徹底的に管理してあげよう！　スケジュールを渡しなさい！」

「嫌です」

「気持ちいいくらい清々《すがすが》しい拒否だね、シオンママもびっくりだよ……さっき肝に銘じるって言ったじゃん！」

「シオンママ、私の肝、つまり肝臓にはなにが詰まっているか知っていますか？」

「……スト○○？」

「シュワちゃんです」

「シュワちゃんって肝臓に詰まっているの⁉」

予想外の答えに身を乗り出して驚くシオン先輩に、楽しくなってきた私は得意げに語り出す。

「今は肝臓に封印されているわけです、ナ○トの尾獣みたいなものだと思ってください。

それがスト〇〇を飲むと肝臓に流れて力を取り戻し、封印が解かれてしまうわけなんですよ」

「尾獣は肝臓に封印されているわけではないと思うけど……」

「まぁそんなわけで、あんなシュワシュワが巣くっているところになにを銘じても無駄ってことなんですよ」

「また妙な詭弁《きべん》を言いだしたなぁ」

「二面性があるキャラクターってかっこよくないですか？ 大体人気なイメージあるし」

「それはいい意味でギャップが生まれるから人気が出るんだよ」

「私は違うんですか？」

「シュワちゃんはギャップがマイナスの方に向いてるんだよ！ べ〇ータと悟〇がフュージョンしたらナ〇パが出てきたみたいな感じ！」

「それは悲惨ですね、合体事故どころの騒ぎじゃないですよ……ちなみにナ〇パとナ〇パがフュージョンしたら何が生まれると思いますか？」

「ナナパッパじゃない？」

「ナ〇パのお父さん出てきちゃったじゃん」

「ママは私！」

「それはリスナーさんが黙っていませんよ、ナ○パ炎上待ったなし。というかさっきのギャップ云々《うんぬん》のライブオンだと私だけの話じゃないですよね？　みんな初期設定からマイナスに振り切れてるじゃないですか」

「確かに。本当に困った子たちだよね！」

「あなたも例外じゃないですよ。まぁ冗談はこのくらいにして、忘れ物は本気で気を付けます」

なんて自然に挨拶からの雑談を交わしていたのだが、そういえばシオン先輩はなぜ事務所に居るのだろうか？

「シオン先輩も打ち合わせですか？」

「うん、でも実は私も淡雪ちゃんと同じでもう終わってるんだけど、一緒に来た聖様がまだ終わってないみたいで、待ってるの」

「あ、そういえば以前会った時も一緒に来ていましたね。……どうです？　シオン先輩から見て聖様の様子は？」

「それって収益化のこと？」

「はい」

私が知る中で聖様に一番近しい人間はシオン先輩だ。聖様の私が見えていない部分が見えているかもしれない、せっかく会えたのだから聞いてみることにした。

シオン先輩は腕を組んで少し考える動作を見せると、困ったような表情と共に答えてくれる。

「私は気にしてると思うんだよね！　でも聖様自分のことになるとどこか消極的というか、弱さを見せるのを嫌がる傾向があるから何も言ってくれないんだよね」

「シオン先輩にもですか？」

「そう！　今日会った時も『私何も気にしてませんけど』とでも言いたげにケロッとしてさ、かっこつけなんだから全く」

「そうですか……」

怒っているような口ぶりだが、それと同時に心配しているのも分かる。

このシオン先輩の様子を見ると……少なからずあの件が聖様に何か影響を与えたとみてよさそうだな。

「でもね、私も確信を持っているとは言えないんだよね」

「え、そうなんですか？」

「うん。だって聖様よく収益化無くなるとかネタで言ってたし、昔私が配信外で『本当に収益化無くなったらどうするの？』って聞いたら『その時はその時さ、今を全力で楽しむ、それが聖様だよ』って嘘偽《うそ》りない様子ではっきり言ってたんだよね」

うーん……そうなってくるとまた違うのか？　なんだかよく分からなくなってきたぞ……。

「あるいは収益化自体は気にしてなくて他が……」

「はい？　今なんて――」

シオンママが小声で呟《つぶや》くようになにかを言ったので聞き返そうとしたのだが、丁度そのタイミングで近くの部屋の扉が開き、聖様が出てきた。

どうやら打ち合わせが終わったようだ。

「すまないシオン君、待たせたね……っておや？　やぁ淡雪君、君も来ていたんだね」

「はい、偶然会ったので少しお話ししていました」

「そうかそうか、待ってくれているシオン君が退屈しないで済んだのならよかった、感謝するよ。何の話をしていたんだい？」

「サイ〇人のナッパの話です」

「波〇戦闘モードの話か」

「いやいや、それ全くの赤の他人ですから！」

「あれ、ナ〇パって頭のてっぺんに生えてる一本の毛が抜けた波〇が激怒した姿なんじゃないのかい？」

「似てるの頭だけでしょ、体格とか顔とか別の生物レベルですよ。あと波〇は後頭部に毛が残ってます」

「でもあの一本の髪が抜けたんだよ？」

「あの一本の髪にどんな可能性を感じているんですか？」

「波〇『この土ならいいサイバ〇マンが育つぜ』」

「いや言わない言わない、盆栽感覚でサイバ〇マン育てる波〇とか嫌ですよ」

うーん、こうして直接会って話してみてもそこまで変わった様子はない気がするなぁ。

ネタを挟まなければ死んでしまうタイプの言動は普段通りだ。

でも少し、ほんの一瞬部屋から出てきた時違和感があったような気がするかもしれない、けど何度もオフで会っているわけじゃないから自信もない……。

「いつもと比べてかなり長かったね、何か言われた？」

シオン先輩が不思議そうに話しかける。

「それはもう収益化関連のお話でたっぷりシコシコされましたよ」

「シゴかれたの間違いでしょ、どんな特殊プレイよ。というか怒られちゃったの？」

「怒られるというかね、逆に運営さんもどこが収益化剝奪に引っかかったのかとか問い合わせてくれたり、色々対策を練ってくれているみたいでね」

「ほんと⁉　よかったじゃん！」

「まぁ勿論《もちろん》ありがたいんだけど、大事になってしまったなぁと思ってね」

苦笑いを浮かべてそう話す聖様。

「でも収益化、早く戻ってこないと聖様も困らないですか？」

「勿論それはそうなんだけど、ほら、聖様って常にラインの上で反復横跳びしてるような人間だろう？　今更収益化が無くなったくらいでもっと軽い感じでネタにしてくれてもいいかなとも思うんだよ」

「とうとう自分で言い出しましたか……前話した時も少し聞きましたけど、聖様的にはこの件もみんなにいじってもらって笑ってくれればいい、みたいな感じなんですか？」

「そうそう、いつかは収益化だって戻ると思うしね。ただ、そうやってネタにしてもらうのも、皆のことを考えるとそう簡単な話でもないからね……」

「へ？　なんでですか？　私本人がやっていいって言うんだったら、日ごろの鬱憤を晴らすべく喜んで徹底的にいじりつくしてやりますよ？」

「確かにそうだよね？　シオンママだってママとしても友人としても聖様には言いたいことだらけなんだから、いい機会だよ！」

「君たち──本心でそう言ってくれているのかい？」

「⁇　何か問題がありますか？」

「そもそも聖様は何を壁に感じているの？　それが分からないよ？」

「──ははは〜」

私たちの反応を見た聖様はらしくもなく本当に驚いた様子で目を大きくかっぴらくと、その後困ったような仕草と共に笑い出した。

「君たちは──本当に優しい子たちなんだね。でも、いつか分かる時が来ると思うよ」

「⁇」

意味深なことを言った聖様は、それ以上を語ることはなく、普段の様子に戻って事務所の出口に向かい歩き始めてしまう。

首を傾《かし》げるもとりあえず付いていこうとした私だったが、隣でシオン先輩が「ううう……」と謎のうめき声を上げていることに気づいて足を止めた。

「シオン先輩？　どうしましたか？」

「気に食わない」

「へ？」

「何あの私だけは全て分かってますよーみたいな態度⁉　かっこつけるのもいい加減にし

なさいって！」

「おおおぅ」

シオンママ、まさかの激おこであった。

その声は離れていく聖様の背中には届いていない程度の声量ではあったが、ここまで不満を表に出すシオン先輩は初めて見た。

「部屋から出てきたとき明らかに顔が沈んでたの分かってるんだからね！」

「あ、シオン先輩もそう思いました？　私も少し違和感を覚えたんですよね」

「二人ともそう思ったのなら確定だよ！　でもあの調子じゃ何も教えてくれないだろうし……そもそもは収益化が剝奪されたから調子がおかしくなったわけだよね？　聖様の事情なんか知ったもんか、こうなったら早急にそこを潰して意地でも解決してやる！」

「し、シオン先輩？」

なんか物騒なこと言い始めたぞ⁉

「ん？　どうしたんだい二人ともまだ事務所に用があったのかい？」

「おい聖様！」

「ん？　どうしたんだい、そんなに眉をひそめて？」

「今から！　事務所の部屋を借りて聖様の収益化奪還計画の為《ため》の会議を開きます！」

有無を言わさない形相で、突如シオン先輩はそう宣言したのだった――

「「え⁉」」

「それでは！　ただいまより聖様の収益化奪還を計画するための会議を開催します！」

「よっ！　待ってました！」

「いや、シオン君？　さっきの聖様の話聞いていたかな？　聖様できればそんな大事にしたくないなーというかね？」

「うるさい！　もうナルシストの聖様の言うことなんて知らないんだから！」

「やーいア〇ルシストー」

「かっこいい言い方してるだけでそれただの上級性癖者だよね晴君？」

「聖様もそれっぽく言ってるじゃねーか、なにが上級性癖者だよ普通に変態だよ」

思わずツッコんでしまったところで、改めてテーブルを囲んでいるメンツを見て思わず目がジトっとになる。

あの宣言の後、聖様の手を引っ張り強引に借りた部屋へと、連れ込んだシオン先輩。流れで付いていった私も含めて本当に妙な会議が開催されてしまった。

私は別にこの後用事もなかったので別にいいのだが……。

「なんで当たり前のように参加してるんです……晴先輩？」

なぜかこの合法ロリは気づいた時には同じテーブルに座り、合いの手を入れて会議の開催を煽《あお》っていた。

「さっきまで一秒たりともいなかったですよね？」

「おしおが部屋借りてなんか面白いことするって聞いたから飛びついてきたのだよ！」

「野次馬じゃないですか」

「違うもーん、野次馬じゃなくてれっきとした仲間だもーん。赤のア○ルシストであるセイセイもそう思うよねー？」

「青○祓魔師《エクソシスト》みたいに言うな！　私の中二病全盛期を彩《いろど》った作品なんだぞ！」

「罪深い作品だねー」

「ねぇ君たち、当然のように聖様をア○ルキャラにするのはやめないかい？　そのキャラは定着しちゃうともう引き返せないからね？」

「「現状が引き返せるとでも？」」

「貴様らいい加減黙らんかーい‼　そんなにお尻の穴が好きならおむつでも穿《は》いて来いやごらぁ！」

「「どんなキレかた⁉」」

開幕以降静かにしていたシオン先輩の突如のキャラ崩壊並みの怒号に、すかさず私は還ちゃんに電話をかける。

『あ、もしもーし？　どうしたんですママ、いきなり通話なんて珍しい』

「もしもし還ちゃん、今シオン先輩がおむつ穿いて来いって叫んでるんだけど来る？」

『おむつパーティーのお誘いですね、すぐ行きます』

「来るな！　これ以上ツッコミ対象が増えたら会議どころじゃなくなるでしょうが‼」

「ごめん、やっぱおむつだけ持ってきて帰ってくれる？」

『穿いて行っていいですか？』

「え、でも４枚必要だよ？」

『重ね着するので問題ないです』

「下半身ジオ〇グみたいになってそうだな」

「そもそも持ってこなくてもいいから！　還ちゃんはお家《うち》で寝てなさい！」

ふざけていたらシオン先輩に通話を切られてしまった、シオン先輩が穿いて来いって言ったのに……。

ちなみに、今のくだりの中でこっそりネコマ先輩に急に会議が開かれることになったことを報告するチャットを打ったのだが、『時は満ちた』と痛い返答が返ってくるのみだった。え、どうすればいいの私？　止めないってことはこのまま参加すればいいのかな？

猫の考えていることはいつも分からないものだ……。

「ほら、それじゃあ本格的に始めるからね！　聖様の収益化はなんとしても私が戻して一発で解決してやるんだから！」

「いやだからシオン君、そんなムキにならなくてもね……」

「ふーんだっ！」

「おやおや、本格的に怒らせてしまったみたいだねこれは……」

「友人に隠し事なんてしてるからですよ、おとなしく付き合いなさい」

らしくなく歯切れの悪い態度が続いている聖様を説得する。

実は内心ガチで嫌がってる雰囲気だったら何かアクションを起こして解放してあげようかとも考えていたが、困ったような顔をしながらもしっかり席に定着している様子からそうでもなさそうと判断した。

それが助けを求めてのことか、友人への罪悪感から来たものか、それ以外かは分からないけどね。

「それは申し訳なく思ったけど、聖様にもまだ考えがまとまってない部分もあってね。

仮令《たとえ》何か言ったとしてもそれが正しい自信が今はないんだよ」

「まーた遠回しな言い方して！　要はそんなの全部収益化が返ってくれば解決するわけでしょ⁉」

「まぁ端的に言ってしまえばそうかもしれないけど……」

「じゃあやりますーっ！　聖様の問題なんてこのシオンママが一発で解決してみせますーっ！」

「全く、これじゃあママではなくて子供じゃないか、困ったものだね」

「心配すんなセイント！　ちゃんと私たちがいじるときはいじりまくってやるからな！」

「任せてください、サンドバッグにしてやります」

「君たちも大概だね」

ん？　今晴先輩聖様のことセイントって呼んだ？

「あれ、晴先輩さっきまで聖様のことセイセイって呼んでませんでした？」

「急に呼びたくなったからそう呼んだ！　なんかしっくりこなかったからセイセイに戻す！　いいの思いついたらそれで呼ぶ！　それがハレルンスタイル！」

「ああ、いつものやつですか」

晴先輩はライバーのことを全員愛称で呼んでいることは有名だが、どうやら閃《ひらめ》きがあったもののパッとしなかったようだ。
ちなみに加入当初は呼ばれていなかった四期生の愛称も今では決まっており、リストを作ると、
二期生
ネコマ先輩＝ネコマー
聖様＝セイセイ
シオン先輩＝おしお
三期生
私＝あわっちorシュワッチ
ましろん＝マーシー
ちゃみちゃん＝ちゃまっこ
光ちゃん＝ピカりん
四期生
還ちゃん＝ぴょこすけ（還→蛙《かえる》→ぴょこすけ）
エーライちゃん＝ボス（組長→ボス）
有素ちゃん＝ありっち（有素ちゃんの希望で私と似た呼び方らしい）

と現在はなっている。

「いつかシュワッチ呼びも変わってるかもよ？」

「それはなんだか寂しさがありますね、ずっとそれで呼ばれていたので」

「憧れの先輩にはオンリーワンの名前で呼んでほしいってことだね！　分かった、しばらくはこのままでいこう！」

「まぁそういうことでもいいです。ちなみに今はなんでセイセイって呼んでるんですか？」

「聖闘○星矢《セイヤ》を略してセイセイだけど？」

「衝撃の事実、聖様の要素ほぼ関係なかった」

「ほら二人とも！　いい加減会議始めるよ！」

とうとうシオン先輩に注意されてしまった、関係ないおしゃべりはここまでにしよう。

「さて、聖様の収益化をなんとしても取り戻すわけですが！　一応事前に確認しておかないといけないところを皆で共有しないとかな」

「りょーかい、言いだしっぺのおしおは何かある？」

「まずはそもそもの収益化が剥奪された原因でしょ。センシティブな点が引っかかったんだよね、聖様？」

「そうだね、ヨーチューブ君にそう言われた。具体的な点は相変わらずさっぱりだけどね」

「まぁそこが違ってたらガンジーですら首から上が吹き飛ぶレベルの『なんでやねん！』のツッコミを入れると思いますしね」

「全く、それにしても思春期のヨーチューブ君には困ったものだよ」

「聖様に」

「ツッコミ入れられるのヨーチューブ君じゃなくて聖様の方かい⁉　絶対淡雪君の私怨が入っているだろう⁉」

「全盛期の浜《はま》〇雅功《まさとし》並みのツッコミ、セイセイは耐えられるかな？」

「息を吐くように嘘《うそ》をつくのはやめたまえよ晴君。全盛期の浜〇は余りの威力にツッコまれた人の体は直立不動のまま頭だけ吹き飛んで、更にその頭が地面をえぐりながら一周して最終的に元の頭部に戻ってきていたよ」

「芸術点高いツッコミですね、物理的に」

「はいはい、今はヨーチューブの話だからねー！」

今聖様とシオン先輩の発言にも出たが、私たちは『ヨーチューブ』という誰もが知る世界最大の動画配信プラットフォームで配信を行っている。

全世界の大多数が利用しているサイトの為《ため》、勿論《もちろん》他のライバルサイトと比べても一流のサービスが整っていて快適なのだが、その分ユーザーが多すぎる故の問題も散見されている。

まず挙げられるのは、今回の聖様の件とも関わりが深いのだが、ユーザー個人に対する管理があまりできていないことがあるだろう。

18禁的な要素を含むものや倫理に問題があるものは削除や投稿アカウントに対するペナルティが与えられるのだが、これの裁量がヨーチューブではＡＩに委ねられている。

人が管理するにはどう考えてもヨーチューブの規模では限界があるため、それが妥当ではあるのだが、正しい判断の他にどうしてもおかしな判断や明らかなミスの判断が急に下されるということが発生してしまう。

まぁ使わせてもらっている以上それもある程度仕方ないと考えるのが礼儀というものだろう。だが問題があるのはここからだ。

じゃあどこが悪くてどこを修正したら戻るのか、明らかなミスで消されたのだがどうすれば戻るのかなどのＡＩが弾いた後の対応の部分が、ＡＩでは無理があるため非常に曖昧になってしまっているのだ。

結果的に自分で修正点を見つけるなどの対応が必要になり、ペナルティが消されるまでの期間が人によって長短バラバラなんてことが起きる。

運営の本社がアメリカにある為、英語で問い合わせることができる人の方が有利に働くなんてこともあるくらいだ。

まぁこんなことを挙げても、多くの人の生活の一部となり、利用できなくなるとめちゃくちゃ困る程便利で素晴らしいプラットフォームには変わりがないので、そこは勘違いせず感謝を忘れてはいけないところだ。

だが、私たちのように生活の収入までヨーチューブに頼っている人たちは、自分の活動と収入を守るためにどうしても常日頃からシビアに気にしている部分になる。

今回の聖様のように、具体的にどこがアウトなのか明確に分からない場合はめちゃくちゃ困ってしまうのだ。

更に言うとこれがライブオン初の収益化剥奪になるため、対応に全く慣れていないことも大きい。

「少し聞きたいんだが、君たちは聖様のどの部分がヨーチューブ君の性癖に引っかかったと思う？」

「……存在ですかね？」

「酷《ひど》くないかい淡雪君？」

「あわっち」

「そうだ晴君、君も何か言ってやってくれ」

「それな」

「おいこら」

「実際淡雪ちゃんの答えが正解なのかもしれないね。全く、聖様は少しおませなだけなのにヨーチューブ君は頭が固いんだから！」

「シオン君の言う通り、聖様はおませなんだよ。もうお股がおませしてお待たせになってるだけなんだよ」

「ませてるどころか成熟し過ぎた結果腐敗した感じですね」

「配信プラットフォームをアダルトサイトに変更するのはどうよセイセイ？」

「AVTuberってやつかい？」

「それもなんだか違いませんか……」


その後、一旦ネタを抜きにして少しの時間案を出しあっていたのだが、結局のところ過去の動画を遡ってアウトな部分を探し出し、再発しないようにこれから過激な点を今まで以上に気を付けるみたいな漠然とした案しか出てこなかった。

それも聖様の活動期間的に過去動画の数は膨大なものになっているし、過激な点の方もそもそもどこからアウトなのか？　と聞かれてしまえばこれまたはっきりしていない。

勿論まだ会議は始まったばかりでこれから細かなところまで話し合うことはできるのだが、なんだかひどく非効率的な気がする。

先輩方も似たようなものを感じているのか、なんだか微妙な雰囲気が漂ってきてしまっていた。

そんなとき、私に直接的な解決策ではないものの、一つの閃きがあった。

「これ、配信でやった方が良くないですか？」

発言と共に一気に先輩方の視線が私一点に集中する。

「コアなリスナーさんの中には聖様以上に聖様の配信履歴を知っている方もいらっしゃるかも知れませんし、詳しい方がコメント欄で良《い》いアドバイスをくれるかもしれない、それになにより——聖様の望みであるネタにしてほしい意思と事態の解決が両立できるかと」

「なるほど、未《いま》だにセイセイのことを心配しているリスナーさんも多いだろうからね。配信でド派手にネタにすれば安心を届けられるだろうし、解決にも近づくかもしれないね。私はいいと思うよ、あわっち！」

「確かに、なんだかこのまま会議を続けると泥沼化して時間だけ無駄にすることになる気がしてきたし、その方が気合いも入っていいのかも……聖様はどう思う？」

「それは勿論願ったり叶《かな》ったりなんだけど……本当にいいんだね？　聖様と配信して？」

「……なにか問題がありますか？」

謎の確認をする聖様に他のメンツも私と同じく首を傾《かし》げる。

「あ、でもその配信の日は私の代わりにネコマーに参加してもらうことになるかも」

「あっ、そうかい……」

「最近は配信に集中させてもらってたけど、今ちょっと私がやらないといけないめっちゃ大切な仕事が入ってね、これから忙しくなるんだ」

「あ、あぁなるほどそういうことか！　了解だよ晴君」

……今の晴先輩との会話の中で、参加できないことを知ったタイミングで明らかに一瞬聖様が悲しそうな表情になった気がする。聖様があそこまで露骨に感情を表に出すのは珍しい。

やっぱり収益化の件でナーバスになっている部分があるのかも知れないな。あまり重たい空気にしないことを心掛けながら一刻も早い解決を目指そう。

「それじゃあ今日中にチャットで皆の日程合わせて、後日配信決定ね！」

シオン先輩の声と共に、その日は一旦解散となった。

そして後日、ネコマ先輩の予定も確保し、いざ四人でのオンラインコラボが始まろうとしていた。

「配信前のチェックやるよー。あーあー、よし、声出し問題なし、後は音量を調節してー」

「prrr, prrr」

「ん、今の音ネコマ先輩ですか？」

「にゃ？　そうだけどどうかしたかー？」

今は配信開始まで後数分といったところなのだが、個々でチェックをしているときに唇を振動させるような音が聞こえてきたので、気になったので聞いてみた。

「それってなにか効果があるんですか？」

「あー、なんか口元の緊張ほぐすとか色んな効果があったような……活動当初からやってるからルーティーンみたいなものだぞ」

「なるほど、私も何かやってみようかな……」

「あっ、あっ、はぁはぁ、あぁぁぁ、あっ！　あっ！　ああっ！」

「おいそこの無職ビッチ」

「なにかな淡雪君？」

「今の喘《あえ》ぎ声はなんですか？」

「配信前の発声ルーティーンだけど？　昔からやってるんだ」

「sexy女優だった頃のルーティーンですよねそれ⁉　配信前にやってもなんの効果もないでしょ！」

「ボディービルダーのパンプアップみたいなものさ。これをやるとボルテージが上がってヤル気になるんだ。君たちも一緒にヤラないかい？」

「この場を乱交百合《ゆり》AVみたいにしないでください。あと耳が腐るのでやるのならミュートしてやってください」

「仕方ないなぁ、じゃあ声は我慢するよ、手は許してね」

「手⁉　じゃあさっきのあれ発声練習の声じゃなくイジッて出たガチの声⁉　ボルテージってそういうことですか⁉　配信前になに致してるんです‼」

「せっかくだしこのまま皆でイジって絶頂前の寸止め状態で配信始めないかい？　寸止め我慢大会しよう」

「企画ものAVみたいなこと考えるな‼」

「聖様3秒なら我慢できるよ」

「配信開始した瞬間にイッテるじゃねぇか根性無し！　もしAVだとしても企画説明の前に絶頂したらお客さん大困惑するだろうが！」

「そんなことないさ、AVの世界に世間の常識は通用しないよ」

「……本当ですか？」

「じゃあ再現してみるかい？　淡雪君が開幕の企画説明役やってよ」

「分かりました、始めますよ？　はいどうも皆様こんにちは！　今日もいやらしい企画の方始めて行きま」

「んんんイグうゔぅぅあああああああああ‼‼」

「うるせぇぇぇぇぇぇ‼‼」

「え、だめだったかい？」

「どこにいい要素ありましたか？」

「いやだって、そっちが『始めて行きましょう』って言おうとしてたからさ、ノリノリで『イク！』って言っただけに聞こえなかった？」

「いやいや無理あるから、ノリがいいどころの反応じゃなかったから、撮影現場凍り付きますよ。全く、放送事故はだめですよ！」

「「え？」」

「うん、そうですよね、私ある意味そのレベル超えた放送事故やらかしてますよね、すいませんでした」

……あれ？　なんで私が謝ってるんだ？

「そうだよ、もっと反省したまえ淡雪君」

「よしいこと思いつきました。今から配信内容を『聖様の血全部抜く大作戦』に変えましょう」

「池の水みたいな感覚でなんて恐ろしいことをするつもりなんだい……？　ふぅ、まぁ今まで聖様が言ったこと全部嘘《うそ》なんだけどね」

「にゃ、分かってたからネコマ驚きもしなかったぞ」

「私もそんなことだろうと思ってましたよ、相変わらずおふざけ癖が止まらないんですから」

「ははははっ！　すまないすまない、ルーティーンの件の後からネタを思いついたものだから言わずにはいられなかったんだよ」

へ？　今ルーティーンの件の後からって言った？

「ルーティーンの件の前からの間違いでは？」

「喘ぎをルーティーンにしているのは本当だよ？　流石《さすが》にいじりはしないけど」

「……それも嘘ですよね？　ね、ネコマ先輩？」

「ネコマは同期だから知ってるけど、まじで聖は毎回やってるぞ！」

「で、でも！　カラオケでコラボしたときはやってなかったじゃないですか！」

「あれは事前にシオン君と淡雪君と三人で飲んで語り合っていたおかげで、発声に問題がなかったからやる必要がなかったんだ。あくまで眠っている喉を起こす体操だからね」

「いや、体操とかもっともらしいこと言わないでください。一瞬納得しそうになったじゃないですか」

先輩が毎度配信前に喘いでるとか正直知りたくなかったのだが……。

だがまぁ……それ以上に安心した点があったかな。

「聖様、声がなんだか明るいですね」

「ん？　そうかい？」

「はい。事務所でお会いした時よりハキハキして聞こえます」

「自分ではあまり分からないけど……せっかくのコラボ配信だからね、気分が上がっているのかもしれない。……そうだね、もっと引き締めないと――」

「別にいいじゃないですか、もっと上げていきましょうよ」

配信前の聖様のテンションがどうなるのか読めていない部分があったから、収益化剝奪前とあまり変わらない様子で安心した。

というか、以前よりも楽しそうかもしれない。収益化剝奪後初めてのコラボだから、なにか思うところでもあったのだろうか？

「おーい淡雪ちゃーん！　聖様とコントをやってるのもいいけど、ちゃんと自分の調整は出来てる？　もうすぐ配信時間だよー！」

「あ、そっか！　失礼しました！」

シオン先輩に言われて、慌てて冷蔵庫から例のブツを取り出す。

「プシュ！　ごくっごくっごくっごくっ、くはあああぁぁ！　やっぱり私のルーティーンはこれに限るぜぇ‼」

「……なぁネコマ君、淡雪君のルーティーンも聖様のと似たようなものだと思わないかい？」

「底辺同士で争うのはやめるのにゃー」

よっしゃ！　それじゃあシュワシュワしてきたところでコラボ配信、『聖様の収益化奪還計画』始まります！

配信が始まるとお約束の皆の挨拶をすませ、司会進行役のシオン先輩が企画の説明を行う。

：性様ー!!

：枠のタイトル草
：奪還もなにも自ら差し出していたようなものでは……？

：大人数でコラボ！　ひとまず元気そうで安心した！

：というか当たり前のように二期生に交じってるシュワちゃんに草
あ、そっか、今気づいたけどこのメンツって私以外全員二期生なのか！

「いやーなんか私も成り行きで巻き込まれてしまい……先輩方のお邪魔にならないように気を付けます」

「淡雪君は聖様のセフレ枠だから実質同期だ、問題ないさ」

「そういえば聖様はこの四人の中で唯一の収益化なしですよね。せいぜい私たちの邪魔はしないよう心掛けてくださいね？」

「あれ、この配信の主役は聖様だったはずなんだけどな？　せっかくセフレ枠に入れてあげたのに、MをSで返すとはこのことか」

「それを言うなら恩を仇《あだ》で返すでしょ！」

「シオン今のよくツッコめたな、流石だぞ！」

：一見謎なネタを瞬時に返せるところが友情を感じててぇてぇ

：Mを S で返すとか数学か物理の話かと思ったわ
：磁力かな？
：すごいこと教えてやる。体中に磁石をくっつけると、硬くて丈夫で強い
：磁力何一つ関係ねぇじゃやねぇか
：物理（物理）

うーん……今回は本人の希望もあって聖様の枠で配信しているんだけど、やっぱりいつも見慣れているスパチャとかのカラフルさがないコメント欄は、少し寂しく感じてしまうな。本当になくなってしまったのだという実感が私にも湧いてきてしまった。

なんだかんだ大好きな先輩の為《ため》にも、一刻も早い回復を目指していこう。そのためにこの配信ですることは、聖様が希望していたリスナーさんの心配を取り除く程度にネタにして配信を明るく盛り上げ、そのうえで収益化奪還のための対策点やこれからの行動をみんなの意見を聞きながら議論すること。

難しいかもだが、みんなの力を合わせればできるはず！

「さて、摑《つか》みはこれくらいにして、いよいよ本題に入っていくわけだけど、リスナーさんも含めたみんなはなぜ聖様の収益化が止まったと思う？」

「言動じゃないですか？」

「ネコマは見た目だと思うぞ！」

：性様って名前

：声質のエロさだろ

：おち○ちん

：全てでしょ

：アーカイブ見返したらツッコミどころ多すぎて、全部指摘してたら人生終わりそう

：そこに在るから

「こらこら、皆揃《そろ》ってここぞとばかりに適当なことを言うのはやめたまえ、おち○ちんしか合ってないじゃないか」

「それが唯一間違ってるんだよあほ聖様！　もーほんとどうするのこれ！　修正点が多すぎてどれから直せばいいのか分からないよ！」

「もしこれがテストだったらのび○君みたいな悲惨な点数になってそうですね」

「聖様はよく股間が伸び伸びたするよ」

「聖の股間がゲッダンしてる様を想像するとめっちゃ草生えるぞ！」

「そもそもなんで聖様は付いてる前提で話してるの？　そのくせしてあるときは付いてない前提で話すからもうわけわからないよ……」

「その場のノリってやつさ。勿論《もちろん》実際の聖様はれっきとした女の子だよ」

：ゲッダンMAD作らねば

：この会話だけで収益化剝奪の原因が山ほど思い当たるの草

：聖様だって…女の子なんスょ……

：は？

「まぁね、こうやって何も行動に移さず時間だけが過ぎていくのが一番ダメだからね！今日は聖様に一つずつ、徹底的に問題点の改善をしてもらおうと思います！リスナーさんのみんなも思いついた点があったらどしどし言ってね！」

「任せてくれたまえ。聖様はプレイの幅が広いんだ。オプション付け放題だからね、変幻自在なのさ」

「これ絶対むりだぞ」

「まぁまぁネコマ先輩、何事もチャレンジしてみなければ動きすらしませんから。やるだけやりましょう」

とりあえず方針をリスナーさんと共有したところで、いよいよシオン先輩がそれを行動に移す。

「まずは！　この配信を無事に終わらせるためにも、聖様にはこちらが用意した『安全装置』を適用してもらいます！　この安全装置を使えばとりあえずこの配信は大丈夫！」

「ほう、それはどんなものなんだいシオン君？」

「聖様のあらゆるセンシティブ要素を強制的にシャットアウトすることを目的としたさまざまな処置の総称だよ！　……多少強引にはなったけど」

「え？」

「まぁ四の五の言わず一旦やってみよう！　というわけで一旦聖様の立ち絵は離れまして、まずはお着替えしましょーねー」

「聖様分かるよ、絶対ろくなものじゃないって。でもやらかした立場だから断れない、むしろ何をされるのかと思うと興奮する、ビクンビクン」

びくびく痙攣《けいれん》しながら画面外へと連れていかれる聖様、そして約1分後――

「よーし、お着替え完了だね！　聖様出てきていーよー！」

「あーうん、行けたら行く」

「それ絶対来ないやつじゃん！」

「いや、行く行く、あー行きそ、あーもう行っちゃいそう、あ、行く、行っちゃう」

「聖様は一体どこに行こうとしているのかな……？　ふざけてないで出てきなさい！」

「はいはい、分かったよ……でも本当に？　本当にこれで出て大丈夫なのかい？」

「うん！　これでこの配信の安全は１００パーセント保証されるよ！」

「そうか……ならいいんだよ、今行く」

「それではどうぞご覧ください！　これが我らの叡智《えいち》の結晶です！」

シオン先輩の掛け声と共に再び画面外から聖様のアバターがやってきたのだが——

「やぁ諸君！　みんなの聖様が登場だよ！」

その姿は——

：ファ!?

：まさかの全身モザイクwww
：大草原
：登場だよ！（規制済み）

：全年齢版聖様来たな
コメント欄の通り、全身にはっきり映る部分が一切存在しない強烈な修正が施されていた。

「いいですね聖様、よく似合ってますよ」

「本当に？　本当にそう思ってる？　これじゃあ聖様この配信の主役なのに映ったらいけ

ない人扱いされてないかい？」

「いやいや、全身モザイクがこんなに似合う人私初めてみましたよ！」

「うん、普通は似合ってたらいけないんだよこれは、だってモザイクは隠すためのものだからね！　なんにも褒めてないの聖様気づいてるからね？　聖様いろんなＡＶを見たり、もしくは関わったりしたことあるけど全身にモザイク入れられるのはこれが初めてだよ」

「全身生殖器系VTuberの誕生ですね！」

「いや誕生すらできてないから、思いっきり隠されてるから」

「あ、しまった！　聖様これ付け忘れてるよ！　はいこれ付けて！」

「え？　あ、うん、分かったよシオン君。……これを……どこに付けるんだい？」

「それは勿論目元だよ！」

「あーなるほど……こうかい？」

「そうそう！　これで更に安全になった！」

シオン先輩が取り出してきたのは目元が丁度隠れるくらいの横長の黒線、所謂《いわゆる》黒目線などと呼ばれるものだった。

「おお！　目元を隠してる謎多き中二病キャラクターみたいでかっこいいぞ！」

「君の目は節穴かいネコマ君？　全身モザイクに目元黒線のキャラクターが許されるのは

ギャグキャラだけなんだよ。だってこの容姿に最も似合うキャラクター名を考えてみな？　宇月《うつき》聖じゃなくてイクイクビンビン丸《まる》とかだよきっと」

「これからよろしくな、イクイクビンビン丸！」

「気に入られちゃったよ、言わなければよかった。神成《かみなり》シオン、心音淡雪、昼寝《ひるね》ネコマ、イクイクビンビン丸の並びはどう考えてもおかしいって、異物混入で訴えられるって」

「でもこれでとりあえず見た目の問題は対策出来たぞ！　この見た目ならヨーチューブ君も何も言えないはず！」

「これでもしBANされたりしたらヨーチューブ君の性癖にとんでもない疑問を生んでしまうことになるからね。圧力のかけ方に恐怖すら感じるよ。というかこの状態から何をしたらBANされるのか試してみたくなってきた、BAN達成出来たら絶対伝説になるよ」

「こらイクビン丸！　最初こそこうやってネタで盛り上げてるけど今日は本格的に対応策を練っていく配信なんだからな！　ネコマはそんなこと許さないぞ！」

「だめだ、もう略されてるくらい定着してしまった。というかネタって言っちゃってるじゃないか……」

「まぁまぁ、本当は声もボイチェンで例の超低音ボイスにしてやろうかと思ってたけど、我慢してあげたんだから感謝してくださいよイクイクチ〇チン丸《まる》」

「イクイクビンビン丸だよ、間違えないでくれ淡雪君。……あ、間違えた宇月聖だった」
「なんだかんだ気に入っちゃってるじゃねーか」
「いや違うんだよ、あまりにも語呂が良すぎてお口が自然とイクイクビンビン丸にむしゃぶりついちゃったみたいなね？」
「なんでちょっといやらしい言い方したんですか？」
「ふふっ、聖様のエッチな言葉で興奮しちゃったかな？」
「自分の姿を見てから発言してもらって大丈夫ですか？」
「それはそっちがやったんでしょうが！」
：喋《しゃべ》る人工芝
：なんだかんだ聖様もノリノリになってきてるの草生える
：でも聖様がツッコみに回ってるの珍しいな
：周りがここぞとばかりにいじりまくってるからなw
：この解像度が世界一低い見た目は紛れもなくイクイクビンビン丸
：エロ全振りの抜きゲーを無理やり全年齢版にしたら何も残らなかったみたいなビジュアルすこ
「なぁ諸君、見た目を対策するのは分かるけど、もうちょっとどうにかならなかったのかい？」

「だって昨日の今日で時間なかったんだもん！　仕方ないじゃん！」

「それは分かるけど……」

「まぁまぁ待ってくださいシオン先輩、こんな時の為《ため》にこのシュワちゃん、良《い》いものを用意してあります！」

「お、なになに？」

「これをご覧ください！」

私が画面に表示させたのは大きなスト○○の画像だった。

そしてその画像をモザイクと黒目線を外した聖様の首から下に持っていき、頭部以外を隠してしまう。

「どうですか聖様？　前にましろんとオフコラボしたときに新衣装案として登場したやつなんですけど、これならとりあえずセンシティブな要素が強い体は隠せます」

「なんでスト○○なのかは置いておいて、画像で隠したわけか。まぁ悪くはないけど……」

「むー、微妙な反応ですね？　ちゃんと首から上ははっきり映ってるじゃないですか！」

「それはそうなんだけどね……」

「もう怒りました、モザイクかけます」

「いや分かった、分かったからそれはやめ」

「スト○○に」

「そっちにかけるんかい！　いや確かにモザイクかけた方がいいのかもしれないけど、君のやってきたことを考えるともう手遅れとしか言いようがないよ！」

渋りつつも仕方がないと納得してくれた聖様。

でも渋る理由もよく分かるんだよなぁ。だって私たちの言うママ、つまりイラストレーターさんが描いてくれた大切な自分の体だもの。

だがキャラクター的に聖様の衣装がセンシティブな要素の強いものしかないのも事実で、一旦応急処置として何か対策はしておいた方がよいだろう。

もし急にヨーチューブの基準が厳しくなって現状の衣装群がダメになったとすると、ほぼ全てのアーカイブに影響が出てしまうのでそれだけは本当に勘弁願いたいのだが……。

「本当に、衣装は無事だといいですね……」

：それな

：うーん、普通に収益化通ってて聖様より過激なVいると思うけどなー

：今の衣装はギリセーフな気がする

：完璧に把握してるわけじゃないけど通常衣装は多分セーフ
：過去のサムネとかの方が怪しいかも
　私が思わず深刻な声でそう漏らすと、コメント欄からは様々な意見を貰《もら》うことができた。

　そうだ、もともとこういう事態に詳しいリスナーさんからの意見が聞きたくてこの枠をとったんだ、これからリスナーさんにもどんどん意見を求めていこう。

　多くの人が支えて応援してくれてるってあったけぇなぁ……。

「みんな意見ありがとう、何か思い当たる点とか意見とかあったらどんどん書いてね！

……というか、冷静になった今考えると聖様普通に下ネタ連呼してるの大丈夫なんですか？　釣られて私も言っちゃってましたけど」

「すまない、この配信は既に収益化止まった聖様の枠だからやっちまった」

「なに開き直ってるんですか……そんなこと言ってたら今までの対応もこれから決めることも全部無駄になっちゃいますよ……」

　これはビジュアルの次は言動の対応が必要だな。

「聖様、やっぱりセンシティブな言動が引っかかった可能性もあるので下ネタはいかがなものかと……」

「でも淡雪君、私から下ネタをとったら何が残ると思う？　ダッチワイフだよ？」

「自分が下ネタ＋ダッチワイフで出来てることに違和感をもってください」

「はっ！　下ネタ＋スト○○の君がなにを！」

「スト○○が入ってれば私はなんでもいいです」

「淡雪君、君の方が聖様より今後の対策を練った方が良くないかい？」

さて、物は試し、一度無理やりにでもセンシティブから遠ざけてみるか。

「じゃあ聖様、今から聖様は下ネタ禁止です、いいですね？」

「なっ⁉　淡雪君は聖様に本当に死ねと言うのかい⁉　下ネタが禁止だなんて、そんなことされるくらいなら聖様は淡雪君の舌をぺろぺろしたあと噛《か》みちぎります！」

「それを言うなら自らの舌を噛みますとかでしょ、何どさくさに紛れて私を二つの意味でヤろうとしてるんですか……これは反省の色を感じませんね、問答無用！　今から下ネタ禁止です！」

「……ほんとに？」

「ほんとに」

「…………………………。

「ううううう…………ぐすっ……」

な、泣いたあああああぁぁぁー⁉⁉

「おーよちよち聖様、一体どうしちゃったの？　シオンママに言ってみ？」

「生きる意味を失ったの……」

「下ネタに人生懸け過ぎだろ！　世の中にはもっと素晴らしいものが満ちてんだよ！　スト○レモン味とかスト○○グレープフルーツ味とかスト○○葡萄《ぶどう》味とか！」

「そうだよ聖様、聖様にはシオンママの赤ちゃんになるっていう大切な使命があるじゃん、なにふざけたこと言っているの？　私が最期《さいご》まで育てきるまで死なせないよ？」

「ネコマと一緒に全世界に埋められたE.○.のソフトを掘り起こす旅に出よう！　ニューメキシコで掘り起こされた数は僅か1178本、あの大量生産されたクソゲーにしてはどう考えても少なすぎる。他にも埋葬された場所があるとネコマは睨《にら》んでるんだ！」

「うわあああぁぁぁんこの人たちこわいよおおおおぉぉぉ‼‼」

：今すぐこやつらを人類の突然変異種として保護するべきだ！

：賛成、勿論《もちろん》聖様も含めてな
：ライブオンは人類に進化をもたらすための研究施設だった？

：アンブレラかな？

：まぁ黒幕はハレルンなんですけどね、初見さん
「あーあー、こんなに泣いちゃって、聖様をいじめたらメッだよ！　シュワちゃん！」

「いや、今のは私だけのせいじゃないような……」

「にゃにゃ！　なーかしたなーかした！　組長に言ってやろー！」

「あ、これ今度こそ死んだな、今のうちに遺書書いておかないと。『悔いのない人生だった。特に忘れがたい経験だったのは、昔試しに左手薬指でスト○○を開けた時だ。缶の開け口に指が引っかかり、優しく引いた時、開け口の輪っかが私の大切な指にはめられていった。そう、あれは私とスト○○の結婚指輪だったのだ。盛大なプシュ！という祝福の鐘の音と共に、私とスト○○は結婚したのだった』これでよし」

「ねぇ～ママぁ、あの人なーに？」

「よちよち聖様、あれはスト○○期の赤ちゃんだよ～、そっとしておいてあげましょーねー」

「おいそこの赤い物体、さっきの涙はどうした？」

「嘘泣《うそな》きだよ。あと謝るから赤い物体呼びはやめて」

：初見じゃないはずですけど意味分からないんで多分初見です

：組長呼ぶは禁止カード

：とうとうスト○○と結婚してて草

：遺書君こんなこと書かれてかわいそう

：スト○○期の赤ちゃんとかいうパワーワードやめろ笑

「でもさ、淡雪君。実際のところは下ネタはそこまで影響ないんじゃないかって聖様思うんだよ」

「え、どうしてですか？」

「だって君が無事じゃん」

「あー……なるほど……いやでも、聖様の方が過激ですし……」

「似たようなものだと思うぞ！」

「うんうん、どっちも仲良く超問題児だよ！」

まじか、私聖様と同列扱いなのか、これじゃあ私ただのスト○○センシティブ味じゃないか……。

「まぁそんなわけでね、多分他に原因があると思うわけだよ」

「なるほど、一理ありますね。他にどの点が引っかかったと思いますか？」

さぁ、会議はいよいよ本格的な問題点探しへと進展していく――

「あ、これは確かに完全にアウトですね」

「削除候補に追加だねー」

「シオン、デスノートに書き込みヨロ」

「なんかやばい会話してるみたいになってないかい？　普通に際《きわ》どい動画をリストアップしてるだけだからね？」

開幕のわちゃわちゃ具合も落ち着き、現在は本格的にリスナーさんの助けを借りながら、アウトだと思われるアーカイブを選んでいる。

聖様ガチ勢リスナーさんともなるとかなり過去の配信からの意見も聞くことができた。その上で選ばれたアーカイブの際どい部分をヨーチューブのAI事情に詳しいリスナーさんの意見を貫い、『絶対削除』『削除候補』といった風にリストアップしている。

意見が出れば出る程私たちでは限界があったことに気づく。本当に日々リスナーさんには助けられてばかりだ。このままなるべく削除数は少なくして、再審査申請もできるようになれば一番なのだが……。

「それにしても本当に細かい作業だね、目が痛くなってきたよ」

「まぁまぁ、リスナーさんたちのおかげでかなりハイペースで進んでいるので、もうちょっと頑張りましょう聖様」

「正直過去の聖の発言がやばすぎてめっちゃ草生えるぞ！」

「あはは……まぁ楽しんでやれているのならよかったよ！　ママも提案した甲斐《かい》があった！」

「勿論問題の発端である聖様が真っ先に折れはしないさ。でも、ヨーチューブ君ももう少し詳しくダメな部分教えてくれてもいいのにね」

正直私も少し疲れが出てきたのは否定しない。でも進んでいる実感もある。流石《さすが》に今日のような配信を限界までやってもダメだったらへこみはするかもしれないけど……。

「こうなったら全員でヨーチューブのかたったーの公式アカウントのリプ欄に突撃しないかい？」

「なんですかそのとんでもないゴリ押し……」

「多分見向きもされないぞ！」

「AIのミスとかならまだしも聖様は違いそうだからなぁ……そもそも私たち英語できないし」

「そんなの翻訳ソフトを使えばいけるさ！　リスナー君の中に英語できる人もいるかもしれない！」

「仮にやるとしてもなんて送るんですか？」

「やっぱり謝罪だろう、『すま〇こ』と送ろう」

「ヨーチューブだけでなくかたったーまでBANされたいんですか？　あと英語じゃねぇし」

「sorry p*ssy」
「Shut up」
：ここまでの経過を見てこんなヤベーやつをここまで我慢してくれたヨーチューブ君の懐《ふところ》の深さに感動した
：留学経験者カモーン
：どうも、ハーバード大学下ネタ学部卒です
：一生留年してろ
：こんなに自然に謝罪と同時に女性器を言える日本語はやっぱり神
雑談を交わしながらも作業は止めない。コメント欄を参考にアーカイブをたどっていく。
「あ、このチュッパ○ャプスチュパチュパ ASMR はダメそうですね」
「え～、AVSM もだめなのかい？」
「ASMR な、水音は厳しいはずなのでアウト扱いでいきましょう」
「そもそも聖はなぜこれをやろうと思った？」
「ワンチャン案件貰《もら》えるかと思って」
「自分からチャンス壊してどうするの聖様……」
「まぁ仕方ないか、今度 FAMZA 売ろ」

「せめてD*siteにしてくれません？　あとFAMZAって売ってくれるんですか？」

「聖様のコネを使えばいけるさ」

「この人なら本当にできそうだから困るな……というか、話は戻りますけどASMR系はほぼアウトっぽいですね、やってること全部過激すぎです、サムネも際どいし。数が少ないのが救いですかね」


その後も夜中まで皆で話し合い、一区切りついたところで今日は終了することとなった。

これで解決なんて簡単な話にはならないかもしれないが、シオン先輩は一人でも頑張ってしまいそうだし、聖様の収益化が戻ることは私も嬉《うれ》しい。

だめだったとしても新たな対策を考えながら今後も粘り強くやっていこう。

「えー、それじゃあ配信も終わりになるわけだけど、最後に聖様から諸君に感謝の言葉を。こんなに聖様のことを助けてくれる人が大勢いることに感動しているよ。実は……色々考えちゃってちょっとへこんでる部分もあったんだ。でも、まだ解決とはいかないけど、今日は最近の中で一番笑顔でいられた一日だった、君たちのおかげだ。ありがとう」

珍しい聖様からの素直な感謝の言葉に、思わず微笑《ほほえ》ましさが湧いてくる。聖様のくせに、なまいきである。
でもそれはこの場にいる皆も同じだったようで、皆からの激励と協力の言葉が配信の最後を彩《いろど》った。
「ふふん！　皆のママであるこのシオンママの手にかかればこんな問題余裕ですー！　解決したらその色々とやらも全部吐き出して貰うから覚悟しなさい！」
「聖はクソゲーやクソ映画に似た異臭を感じるからな！　ネコマも協力するぞ！」
「私も巻き込まれたからには付き合いますよ、やれることは全てやりましょう。大丈夫、収益化は戻ってきます」
：上限スパチャの準備できてんだから早く解放してどうぞ
：今は送れなくても戻った時にまとめて送るから気にすんな、実質変わらん
：待ってるぞー！
：それな
：あったけぇなぁ
無機質なはずの配信画面が、今はなぜかとても温かく感じる。
これから、もしかすると戻るまでに時間がかかったり、なにか大きな問題が立ちふさがるかもしれない。

でもライブオンは繋《つな》がっている。その中に聖様はちゃんと居る。なにも変わっていない。

だから大丈夫、心配なんていらない。

これからも気合いを入れて、程々にネタにしつつ頑張っていこう！

――そう皆で一つになったはずだったのだが……。

僅か一週間後――

「聖様の収益化戻ったよ！　やったねみんな！」

「「「は？」」」

………は？

聖様のはつらつとした声とは対照的に、心の底から意味が分からないといった声が私（あわ）、シオン先輩、ネコマ先輩の口から洩《も》れる。

今は収益化復活の計画について進展があったから今一度集まってくれと言われ、事務所にこの四人で集まったのだが、メンバーが集まって座ったのを確認した瞬間聖様はいきなりそんなことを言ってきた。

「ん？　どうしたんだい諸君？　せっかく聖様の収益化が戻ったんだ、もっと一緒に喜んでくれたまえよ」

未《いま》だに頭がロード中でぽけっとした顔のままの三人。

いや、勿論《もちろん》聖様が言っていることは分かるのだ。剝奪された収益化が戻ってきて、その
ことを喜んでいるのだろう。さしずめ今の状況も進展があるといって集めたけど、その実
は解決していてサプライズ発表……みたいな感じかな？

ただ……その……。

「早くね？」

一番早く回復したネコマ先輩が私たちが最も言いたかったことを代弁してくれた。

あの……ゲームの体験版をクリアしたと思ったら本編クリアでしたーみたいな状態に私
たちなっちゃってるんですが……？

「ほ、本当に戻ってきたんですか？」

「うん。とは言っても反映されるまでにもう少しだけかかりそうだけどね。収益化申請ボ
タンが復活して審査も問題なさそうって連絡が運営から届いたんだ」

「そうですか……」

うん、本当は嬉しいことなんだからこの場は喜ぶべきなんだと思う。

ただその……肩透かし感がすごすぎて喜びたくても体に力が入らないんだけど……。

これって問題解決ってことだよね？　それでいいんだよね？

「――な、なんで？」

啞然《あぜん》としていた三人の中で最も回復が遅かったシオン先輩が理由を問いただす。

「も、もしかして過去動画全部消したりしちゃった？」

「いやいや、一部は消したけど大体残ってるよ。それは本当にどうしようもなくなった時用の最終手段だからね」

「でもそれにしては早すぎる……」

「えっとね、実は晴君が裏で動いてくれていたみたいなんだ」

「「晴先輩⁉」」

驚く私たちに聖様が経緯を説明してくれた。

私たちが配信を利用しながらOUTなものをピックアップしている中、なんと晴先輩があらゆるライン、それも英語が堪能《たんのう》なことを活《い》かして海外まで連絡網を広げ、流石に100パーセント完璧にとはいかないものの、大体の審査基準を調べ上げるなどして収益化回復に本気になって取り組んでくれたらしい。

大切な仕事が入ったって言ってたのはこれのことだったのか……。

「今後セイセイ以外にも似たようなことが起こるかもだから、基準を定めるいい機会だったよ～」と聖様に報告した本人は、まるで近所のコンビニに昼ご飯を買いに行っただけとでも言いたげな涼しい顔をしていたらしい。晴先輩……恐ろしい子！

ただ、驚きだったのが海外勢のライブオンファンの人が大勢協力してくれたらしく、中には既にヨーチューブに問い合わせてくれていた人も何人もいたらしい。ヨーチューブの対応が早かった背景にはその影響もあったのかもしれないとのこと。

「私たちの頑張りの成果だよこれは。皆がリスナーさんを楽しませる為《ため》に活動を頑張ってきた事が、今度は私たちがピンチの時に私たちの為に行動してくれる人を生んだわけだ」

と、晴先輩はこのことを誇らしげに言っていたようだ。

結果的に晴先輩が調べ上げた審査ラインと私たちが配信でピックアップした際《きわ》どい配信を照らし合わせて動画を削除し、更に海外勢の方によるヨーチューブへの認知もあり、爆速での収益化回復が実現しそうな状況にもっていけた、というのが全貌らしい。

ちなみに恐らく引っかかったのはサムネとASMRであり、衣装や過激な発言などは意外と見過ごされていたようだ。

「いやぁ致命的なところは無事みたいで本当によかったよ、これで元通りの活動ができる。諸君のおかげだ、本当にありがとう」

深く私たちに頭を下げる聖様。その姿を見て私も段々と実感が湧いてきて素直によかったと思えるようになってきたのだが、なぜかシオン先輩の様子がおかしいことに気づいた。

なぜか顔がリンゴのように真っ赤である。一体どうしたのだろうか？

「それ……私の計画意味あった……？」

……あっ。

確かに今までの話を聞いた限りだとデス○ートのジェ○ンニが如《ごと》く晴先輩が一晩でやってくれました状態であり、なんかこのまま一時復帰した晴先輩率いる運営陣に任せておけば似たような結果になった気がしてきたな……。

「いや、諸君と一緒に作り上げた削除候補のリストは審査基準と照らし合わせるときに大いに役に立った。あれがなかったらここまで早急な復活はできなかっただろう」

「でも！　それも運営さんがやろうと思えばできたわけでしょ？　こんなに早く原因が特定できたんなら、私たちがやらなくても運営さんも近々行動に移してくれたはず」

言えば言うほど意味を見出《みいだ》せなくなり、赤面を通り越して涙目になってきてしまったシオン先輩。

正直この計画は釈然としない聖様の態度に意地になったシオン先輩が、熱くなった感情のまま勢いで押し通して始まったみたいなところがある。

熱意があるのはいいのだが、いざ問題が解決した現在、その熱意が行き場を無くして自然消滅した結果冷静になってしまい、何の成果も得られませんでした状態なことに気づいてしまったのだろう。

つまりシオン先輩は今、熱くなり過ぎていた羞恥と自分たちで解決に持っていけなかった不甲斐《ふがい》なさ、二つの感情に震えているわけだ。

「私のやったこと……余計なお世話だったのかな……」

今にもこぼれそうな涙の重みで俯《うつむ》いてしまいそうになるシオン先輩。

何か声を掛けてあげるべきか？　一瞬そう思ったのだが。

「それは違うよ！　少なくともこの私にとってはね」

――どうやらそれは必要なかったようだ。

一切の他意を感じさせない聖様の断言に驚き顔を上げるシオン先輩。その目を真っすぐ見つめる聖様の瞳にはなにか決心がついたような、そんな清々《すがすが》しさを感じた。

「あはは……なんだが聖様らしくないかもしれないけどさ……不安だったんだ、収益化が無くなった時」

少し恥ずかしそうにしながらもそう語り出した聖様。

その様子でこれが前々からはぐらかしてばかりで教えてくれなかった、収益化が止まったことによる聖様の様子の変化、その理由だということが分かった。

「聖様ね、前にも言ったことあるけど最初は収益化が無くなったくらいなんとも思ってなかったんだ。来ちゃったかーくらいの気持ちで軽く考えてた。でもね、少し深く考えたらあることに気が付いちゃってね……」

ここに今回の出来事が起こった理由が明かされる。この場の全員が静かに聖様の話に耳を傾ける。

「このままだと聖様とのコラボとかがきっかけになって他のライバーの収益化とかに影響が出てしまうかもしれない……そこに気づいてしまって……流石《さすが》に軽く考えることが出来なくなったんだ」

……なるほど、確かに私たちはライブオンとしてグループで行動している。自分のチャンネルだけが活動範囲ではない。

だから収益化がなくなってから今まで他の人の配信枠に顔を出すことがなかったのか。

それにしても、聖様の問題を解決することに必死になってたから、まさか自分たちが原因になっているとは思わなかったな……。

「ふふっ、『私たちのこと心配してくれていたなんて、意外とかわいいとこあるじゃん』淡雪君いまそう思っただろう？」

「げ、なんで分かったんですか？」

「顔に書いてあったよ。まぁ、聖様はそんな善良な人間ではなかったみたいだけどね」

「え？」

「結局は自分がかわいかったんだよ、私は」

聖様は少し後ろめたそうな表情で、自虐的な微笑《ほほえ》みと共にそう言った。

「いくら消したくても、心の片隅にずっと消えない思いがあったんだ……一人になるのが嫌って思いがね。このままだとライバーの皆にコラボを避けられるようになって孤立するかもしれない。それを避けるためには今の自分を変えないといけない、でもそうするとファンの皆に受け入れてもらえないかもしれない。私は宇月聖である以上、キャラクターを守り抜かないと……そんなことが頭の中をぐるぐるして、結局自分でも何が正解なのか分からなくなってた」

……驚いた。いつも傍若無人ともとれる破天荒な聖様のいざ語られた胸の内は、きっと私なんかよりよっぽど繊細だった。

あらゆることを想像できて、受け取ることができる——それはとても尊いものではあるが、だからこそ儚《はかな》く崩れやすい。巨城が築かれていると勝手に想像していた聖様の心は、その実は砂の城だったのだ。

己を悔いるように顔を歪《ゆが》ませる聖様、いつもの颯爽《さっそう》とした態度を崩さない聖様からは想像もできないほど感情に振り回されている。

だけどそんな姿を見て――場違いかもしれないが、私は温かな人間味を感じ取っていた。

聖様とは悪友みたいな感じで仲良くしてもらっていたが、その姿はいつまでも『私たちが想像する聖様だった』。そんな彼女も私たちと同じように時には悩み、苦しんで生きている。そのことを知って、私はやっと聖様という存在が腑《ふ》に落ちたような、そんな心持ちになっていた。

……そういえば、前にシオン先輩に二期生デビュー当時の聖様の様子を聞いたな。今思い返すと、あの話を聞いて少し不可解だった聖様の言動は、デビュー当初の戸惑いから生まれていたものだったんだな。

今の聖様からは、紛れもない生を感じる。

「そんなことを私は考えていたわけだけど……はははっ、皆優しすぎるんだよ。避けるどころか君たちのように逆に今までより積極的になった人もいれば、心配のチャットやここぞとばかりにネタにしてくるチャットを送ってくれる人もいて、気が付いたら返信が間に合わないくらいの大量になってた」

話と共に、聖様の表情が段々と明るいものに戻っていく。

「結果的になんか私や皆が想像してたよりあっさりとした結末になって、ほぼ元通りで問題なしになったけどさ……私にとっては本当に皆に救われたんだ。だから――ありがとう」

どこかはにかんだような笑顔でそう告げる聖様。

うんうん、これで生暖かい雰囲気と共に一件落着！　収益化が正式に戻った時には何か配信でお祝い企画でも提案しようかな～。

私は晴れた気分でそんなことを考えていたのだが……。

「……にそれ…………」

「シオン君？」

不穏な空気を漂わせる先輩が一人……。

「――ッ‼　なにそれ！　ふざけないでよ‼」

「「おおぉぅ」」

思わずネコマ先輩と一緒に声が漏れた。

シオン先輩、まさかの激おこであった（騒動開始から二度目）。

「聞けば聞くほど余計な心配ばっかりして！　少なくとも私はこの件で仮令《たとえ》自分の収益化が無くなろうがチャンネルがＢＡＮされようが最終的に問題を解決してみんなで笑い合えるならそれでいい覚悟でやってたんだよ！　私のチャンネルも聖様のチャンネルも一人じ

ゃなくてみんなで築き上げてきたものじゃないの⁉　二期生がデビューしたとき、今とは違って色々不安定で目が回りそうになるくらいドタバタしていた中、それでも必死になってみんなで協力して乗り越えてきたじゃんか！　私は聖様のチャンネルを自分じゃないから関係ないなんて一切思ったことない、みんなの努力の結晶を復活させるためならどれだけ大変だろうと全力でぶつかってハッピーエンドを摑《つか》むって私はそう思ってたよ‼　それなのに……聖様は全く違ったってこと……？　そんなに悩んでたんならなんでもっと頼ってくれなかったの……？　私たちのこと赤の他人だと思ってたの……？　それに私以外のライブオンライバーもきっと純粋に心配してくれていたはず、それなのに……こんなの失礼だよ‼」

矢継ぎ早に噴きあがる感情を言葉にしてまくしたてるシオン先輩は、さっきと同じく顔は真っ赤でもその感情は羞恥から激怒へと変わっている。

「いや、待ってくれシオン君、それにも事情が」

「うるさい！　もう聖様なんて知らない‼　このはくじょうものおおおぉぉ――――‼‼」

慌てて釈明しようとした聖様だったが、感情が噴火しているシオン先輩は一切の話を聞こうとはせず、叫びながら部屋のドアを開けてどこかへ走り去ってしまった。

うーん……熱くなり過ぎではあったけど、まぁ確かに言われてみればシオン先輩の考えも分かる部分あるかな。特にシオン先輩は今回の件に力を入れていたから思うところもあったのだろう。

突然の事態にどうしたらいいか分からず困惑している聖様に声を掛ける。

「追いかけてあげないんですか？」

「淡雪君……」

「シオン先輩はあなたの笑顔の為《ため》なら自分の身を削ってでもピンチを助けてくれるみたいですよ？　それに、さっきの様子だとまだ言いたいことがあるのでは？」

「——そうだね、ありがとう！　ッ！」

聖様は最後はキリッとした表情になり、シオン先輩の後を追って部屋を飛び出していった。

それはいつもの聖様の表情によく似ていたが——今の方が格段にかっこよく見えた。

「ふぅ……」

「にゃははは！　おつかれさまー。よしよし、ご褒美《ほうび》にこのネコマーがマッサージをしてやるぞ！」

時間にしてみればそこまで長くなかったが、あまりにも濃縮されたひと時だったため、二人が居なくなった後、謎の解放感やら達成感に浸って一息ついていた私を見て、ネコマ先輩が肩を揉《も》んでくれた。

「んん……先輩にこんなことやらせちゃだめなような……気持ちいいですけど」

「いいんよいいんよ、淡雪ちゃんは今回巻き込まれたみたいなものなのに頑張ってくれたからね」

「それはネコマ先輩も同じでは？」

「ネコマは同期であり仲間だからな。最初は聖がどうでるのか様子見してたけど、見過ごすつもりはなかったぞ」

「じゃあ私は後輩であり仲間なので見過ごせませんでした、それだけです」

「にゃにゃ⁉　なんていい子なんだこの子は⁉　ほーらほらほらほら、限界まで揉みほぐしちゃうぞ‼」

「ちょ、ちょっとネコマ先輩⁉　激しすぎ！　逆に肩おかしくなっちゃいます！」

相変わらず悪戯《いたずら》好きなネコマ先輩とじゃれあうゆったりとした時間が流れる。

「それにしても、聖のやつやっと素直になったかって感じだよな」

「え？　その言い方……ネコマ先輩は聖様のこと気づいていたんですか？」

「まぁデビューからそこそこの付き合いあるからな。詳しい事情は知らないけど、案外繊細そうだなーとは思ってたよ。だからネコマにとって聖は聖であり、聖様はあんましっくりこなかったんだな」

「ああ、だからシオン先輩は聖様呼びなのにネコマ先輩は呼び捨てだったんですか」

「むしろシオンは鈍感過ぎだぞ、どこまで素直なんだって感じ。まぁそこがシオンの良《い》いところなんだけどさ」

ネコマ先輩も二人のことを気にかけているのが話を聞いているとよく伝わってくる。やはりクソゲー配信の後に聞いた話に嘘《うそ》はなかった。

今ならあの時『今回私たちは主役じゃない』と言ったことも理解できる。この件はあくまで聖様とシオン先輩二人が主役の物語であるべきだ。

それにしても、聖様とネコマ先輩はタイプは違えど自由奔放なイメージがあったが、多分ネコマ先輩の方がずっとずっと器用なんだろうな。一歩引いたところでやんちゃな二人を見守っているのが大人の余裕を感じる。案外保護者的立場だったのはシオン先輩じゃなくてネコマ先輩の方だったのかもしれないな。

まぁつまり、今回の事件をまとめた感想としては……。

「困った人ですよね、聖様は」

「ほんとにな！」

今までの経緯を思い返し、私とネコマ先輩はしばらく笑い合っていたのであった——

この後二人がどんな話をするのかまでは分からないけど……きっと、きっとそれは大きな意味を持つことになる、そう私たちは確信していた。

聖様、最後くらいかっこいいところ、見せてきてくださいね！

第三章

始音

部屋を飛び出た神成《かみなり》シオンを慌てて追いかけた宇月聖《うつきせい》だったが、ライブオンの事務所は追いかけっこができる程広いわけではない。聖がその背中に追い付いた時、シオンは非常階段の踊り場で俯《うつむ》きながら隅に体を埋《うず》めていた。

幸いなことに周囲に人影は見えない。背後に聖が居ることに気づいていても意地でも振り向こうとはしないその背中、けれどもシオンは逃げようともしなかった。

聖は何と声を掛ければいいのか分からず一瞬狼狽《うろた》えたが、ここで引くのはそれこそシオン、そして協力してくれた皆に対する最大の失礼に当たると思い、覚悟を決めた。

「その……ごめん、なんて言えばいいのか分からないけど……とりあえずごめん」

「……分からないよ」

分からない。それは、シオンが心に混在している感情をなんとか言葉にしたものだった。

「私は……聖様のこと、大切な存在だと思ってた。ううん、今だってそう思ってる。ネコマもそう、私にとって同期は友人、それも人生の苦境を一緒に歩いてきた特別な存在、戦友みたいに思ってた。でも……聖様は違ったのかな？」

「シオン君……」

「私だけだったのかな？　私、聖様のこと本当に、本当に…………。あはは、でも、結局それは私の自惚《うぬぼ》れの勘違いで、聖様は私のことただの同業者くらいにしか思ってなかったのかな？」

「違う、それは違うよ！」

「違わないじゃん‼　違うんだったらなんで何も言ってくれなかったの⁉　……ごめん、大きな声だしちゃって。今の私すごく面倒くさいよね、本当にごめん。勝手に期待して勝手に傷ついて……」

「落ち着いてシオン君、違うんだ、本当に違うんだよ！」

「でも……もういいんだよ。きっといつかは今日のことだって笑える日が来ちゃうんだよ、傷はいつか癒えるもの。だから大丈夫、大丈夫なんだよ」

「お願いだ、一度話を聞いて……えっ？」

悲壮感すら漂うその小さな背中に耐え切れなくなり、どうにか話を聞いてもらおうと強引に自らの方へシオンを振り向かせる聖。だが、話を聞いてもらおうとしたが故の行動だったはずが、聖は反対に言葉を失った。

シオンはいつもと変わらない穏やかな笑みを浮かべていたが——その頬には涙が流れていた。

その姿があまりにも、あまりにも痛々しくて——聖は自分の行動がいかにシオンを深く傷つけてしまったのか、その重大さをやっと理解した。

「ほんとおかしいよね……バカだよね……本当に自分勝手で、この悲しみも一時のものって経験上分かっているはずなのに……」

傷は確かに癒えるもの。だがあまりにも大きな傷は完全に元通りにはならない。

「なんでこんなことで泣いてるんだろうね？　なんでこんなに辛《つら》いんだろうね？　勘違い女の滑稽な姿って分かっているはずなのに——なんでこんなに涙が溢《あふ》れてくるんだろうね？　あはは、涙腺までバカになっちゃったのかな」

「ごめん、本当にごめんッ！」

ただ強く、聖はシオンを抱きしめる。考えるよりも体が先に動いていた。

それでも溢れ、溢れ、溢れ続け、どこまでも勢いを増して溢れ続ける悲しみの流血。

流るる涙の一粒一粒は、その全てがシオンの聖への想《おも》いで構成されていた——

結局シオンの涙が止まるまで、聖はシオンを胸元に抱きしめ続けた。

その時間は両者にとって長くも感じたが、同時に一瞬にも感じた。

「ごめん、もう大丈夫」

「うん」

「……あのー……もう大丈夫です」

「うん」

「いやうんじゃなくてね聖様。あのね、もう大丈夫だからね、もう放してもらっても大丈夫かなーって」

「うん」

「いやうんって言いながら力強くしてるじゃん！　もう大丈夫だから放して！」

「嫌だ」

「なんでぇ……」

泣いたのが恥ずかしくなってじたばたするシオンを意地でも聖は放そうとしない。

いくら泣き終えても、まだ問題は何も解決していない。聖は全てを話すまで絶対にこのままシオンを放さないことを決めた。

「……はぁ、分かったよ」

シオンもなんとなくそのことを察して、不満げではあったが体から力を抜いた。

「それで……どうするのこの状況？」

「シオン君にはまだ話さなければいけないことがあるんだ。でもそれから逃げてた。本当にダサくてごめん、でも決心ついたから」

「そう……うん、聞く」

「私もね……君に頼りたくなかったわけではないんだ。ただ……できなかった」

「それはどうして？」

「だって——好きになっちゃうじゃん」

「オイゴラアアァァ——‼」

「ぐふはあああああぁぁ⁉」

シオンの今まで聞いたことがないような野太い声と共に放たれた渾身《こんしん》の蹴りが聖の股間に直撃‼

「あ、あうう⁉　オウッ！　オウッ！　オウウウゥゥ⁉」

「ほんと最低！　こんな大事な時にふざけないでよ‼」

「オウッ！　オウッ！　オウッ！　オウッ！」

「ヘンな声出してないでなんか弁明してみろやおらあぁぁぁぁ――‼」

「　　　　　　　　　　　　　　　」

シオンのメガトンキックが急所に二度目の直撃をしたとき、聖の目の前が真っ暗になった！

体を支えられなくなった聖が抱きしめた状態だったシオンの体に倒れこむ。

「んんん――ッ⁉」

そのとき――声を荒げていたシオンの唇を奇跡的に聖の唇が優しく包み込んで塞いだ――

「――はっ‼　す、すまないシオン君、一瞬三途《さんず》の川《かわ》の目の前までイッテた、それでもっと詳しく話を……ってあれ？」

「あ……えと、キスで慰めてくれるなんて、結構ロマンチックなことするんだね……」

「は？」

「私、初めてだったんだけどな……えへへ、どうしよ、もう！　私どうすればいいのか分からなくなっちゃったじゃん！」

「…………あぁ、なるほど」

聖の意識が戻った時には既に唇同士は離れており、最初お前は何を言っているんだ状態であったが、目の前にあるシオンの顔とその反応を見て何となく何が起こったのかを察した。

それと同時にシオンの初めてを奪った感触を味わうことができなかったことに神を恨んだが、そのことを言及すると今度こそ三途の川を全力クロールで渡りきることになってしまう確信があった。

(シオン君、君のファーストキスは股間を蹴られて意識がイッテる元レズもの sexy 女優の VTuber のものになってしまった、本当にごめん、これじゃあロマンチックじゃなくて股間キックだ)

そう心の中で土下座し、聖はこれ以上の言及は避けた。

幸運にもこのことでシオンの怒りは一旦かき消されているので、むしろいくならここしかない、聖は気合いを入れて逃げられないようにシオンの肩を摑《つか》み、その目を真っすぐ見据える。

「シオン君」

「ひゃい！」

「さっきの話の続きなんだけどね、あれ、冗談とかじゃなくて本当の話なんだ」

「さっきの話？」

「好きになっちゃうってやつ」

「あ、あぁそっか、そう言われたんだったね！　って、なんでそれが私たちを頼らない理由になるの！」

「ぇっと……その……」

再び言葉に詰まってしまう聖。シオンのこの反応は聖にとって予想外のものだった。

「えっと、私の言っている意味理解してる？　この好きってあれだよ、恋愛的なやつ。ほら、私って恋愛対象が女の子全振りだからさ」

「そんなのデビュー直後から知ってる！　だから、なんでそれが今回の件に繋《つな》がったのかを説明してって言ってるの！」

「えぇぇ……」

遂《つい》には困惑さえ感じ始めた聖。

理解できない、ただただ理解できない。

（なぜこの子はこんなにも……）

「好きなら頼ればいいじゃん！　好きって一緒に居たいってことでしょ？　じゃあ遠ざけ

たらだめでしょ！」

（こんなにも……同性からの好意を自然に受け入れているんだ⁉）

「ちょっと待った！　いい加減頭が回らなくなってきたから一度情報を整理させてくれ」

「ん？　ああ、どうぞ？」

今まで生きてきた一般論が今の状況とあまりに一致せず頭痛すらしてきたので、聖は一度話を分解し、一つ一つ確認していくことにした。

「まず前提として、私が今回の件で妙に余所余所しかったのは大きく分けて二つの理由がある。一つは純粋に迷惑をかけたくなかったから、さっき皆に説明した通り周囲への影響を懸念《けねん》したことと、そもそもあまり弱みを人に見せるのが好きじゃないんだ。そして二つ目が今言った、これ以上君と距離を縮めると本格的に恋愛感情を持ってしまいそうだから……あーもう、なんか自分で説明すると恥ずかしいな、でもつまりはそういうことなんだよ」

「うん、私もそれは分かってるよ。それで？」

「それでって……」

あっけらかんとした顔でそう返してくるシオンに困惑を超えて驚きを隠しきれない聖。

「君、本当に私の話を理解しているかい？　私は君に惚《ほ》れてしまいそうだと言っているんだ」

「おおう……えへへ、そう何回も好意を言葉にされると照れちゃうね！」

「……夢でも見ているのか？　試しに乳首でもつねってみるか。……うん、痛気持ちい」

「ちょ、ちょっとなにしてんの⁉」

「ああごめん、ちょっとこれが現実なのか確かめたくて」

「それなら普通つねるの頬とかでしょ⁉　好きになっちゃうって言われながら乳首つねってる女が目の前にいるのは一種の恐怖だよ！」

「そうそれ！」

シオンのツッコミの中に自分が言いたかったことが聞こえ、反射的速度で聖は指摘を入れる。

「私の発言を聞いて、怖かったりとか嫌だったりとかしないの？」

「え、乳首つねられる姿を見せられるのは怖いし嫌だけど」

「いや、乳首は関係なしで」

「と言うと、私のこと好きになりそうってやつ？　別に怖くないよ。だって聖だし」

聖はどれだけ頭の中でリピートしても、その口調からネガティブな感情を感じ取ることはできなかった。

「最初こそ冗談で言ったのかと思って怒ったけど、本気で言ってるみたいだし。だってさっき、キ、キスしてくれたくらいだしね！　えへへ！」

恍惚《こうこつ》の表情で両手を頬に添えてくねくねと体をよじらせるシオンの姿を見て、聖は問いの答えを得たにもかかわらず、尚更《なおさら》今この瞬間が現実なのか疑ってしまっていた。

「なんだいその反応……それじゃあまるで……嬉《うれ》しがっているみたいじゃないか」

「うん？　そりゃあ聖に好きって言われたら嬉しいよ！　嫌われているかと思ったから今回の件で怒ってた部分あるし！」

「――それは、そっちも私のことが好きってことかい？　私たち女の子同士だけど」

「へ？」

もう我慢ができなくなり、ずっと己の背後にチラついていた答えに対する恐怖心すら踏み越え、直接的な問いを投げかける聖。

「「…………………」」

しばらくお互い無言で見つめ合う時間が続く。

聖にとっては息が詰まる時間で表情も緊迫としたものになっている。一方シオンは？を顔にそのまま書いたかのような分かりやすく不思議そうな表情で静止した後――

「私たち女同士じゃん⁉⁉」

一転してとんでもない大発見をした科学者のような顔でそう叫んだ。

「まさか——そこに気が付いていなかったのかい⁉」

「うん、今気が付いた……」

「一番重要なところだろう⁉」

「だ、だって！　日々ライブオンのめちゃくちゃな連中に揉《も》まれているから、女の子同士くらいじゃ驚きもしないようになっちゃったんだよ！」

「まぁ確かに接触した同性のライバーにことごとく恋愛どころか性交渉を持ち掛ける女とか、全てのライバーのママになろうとする女とかいるけども！」

「あ、淡雪《あわゆき》ちゃんはまだしも私はおかしくないやい！」

「君がおかしくない世の中だったらコンビニ並みの密度で保育園ができているよ。年齢制限なし、誰でもウェルカムカモンベイベーだよ」

「ぐっ、気が付かないうちにライブオンという環境にここまで侵されていたとは……」

人の倫理観や常識など育った環境や時代でまるで変わるものであり、人が従うルールはあくまで人が作ったものである。こととんでもないクレイジーが集まるライブオンにおいては、もはや世間と切り離された個性のユートピアが形成されていた。

（いやいや、だからって順応し過ぎだろう……）

シオンのライブオン適性の高さを見て、自分はライブオンの面々に比べたら比較的常識人に分類されるのではないかと疑い始める有り様の聖なのであった。

「でもそっか、女の子同士……創作とかならまだしも、一般的にはまだ珍しいよね……」

「はぁ、ようやく分かってくれたかい？」

聖は一度ため息をつき、逸《そ》れた話を戻す。そのため息で吐き出したものはシオンへの呆《あき》れか、ライブオンへの畏怖か、あるいは一瞬脳裏によぎってしまったもしかしたらという期待か——

「というわけでだ、もう分かってくれただろう？　今はＬＧＢＴ解放運動なんてものも広がってはいるが、いざ自分が同性に好意を向けられる当人になったとき、困惑する人がほとんどの現状だ。私は今まで生きてきた経験の中でそれをよく知っている」

「そっか、女の子同士……あわわわわ……じゃあ私は女の子のこと……きって……」

俯《うつむ》いてぼそぼそと独り言を呟《つぶや》いているシオンを他所に、聖は独白を続ける。

「昔の私はもっと自分以外に排他的な人間だった。あまり周りと関わるのが好きじゃなかったんだ。でもライブオンに入ってからは……強引に踏み込んできた君の影響もあって人とのコミュニケーションが増えた。私を受け入れてくれる環境で、正直楽しかったよ。でも……やっぱり私はダメみたいなんだ。皆と一緒に活動していく中で友情以上の感情を、こと関わりが深かった君に対して覚える自分に気が付きつつあった」

「おぉう……うひゃ――ッ！」

「もうこれ以上はまずそうなんだ。今回の件、私から君の助けを受け入れていたら……やはり君を好きになっていたと思う。今回私の対応がよくなかったのはつまりはそういう事情なんだ」

「フォー！　フォー！」

「だからね……って、シオン君？　聞いているかい？」

話を聞いている途中、シオンは俯いたまま体をソワソワと動かして落ち着かない様子で、たまに堪《こら》えきれないとばかりに奇声のような声まで小さく漏らしていた。聖はなんだか今の話にミスマッチな反応だと思い首を傾《かし》げる。

「……うん、そう、そうだよね。って、え？　あっ、ごめん！　あんま聞いてなかった！」

「はぁ!?」

驚き続きの今日の中でも一番の驚愕《きょうがく》の声をあげる聖。

「えっと、なんだっけ？」

「……ッ！　もういい！」

聖は語気強くそう吐き捨てて顔を逸らす。勿論《もちろん》この行動には真剣な話を聞いてくれなかったことへの怒りが含まれている。

だが——シオンはシオンでこの時、聖の声が耳に入らない程とても重要な対話を他でもない自分自身と行い、そして答えを導き出していた——

「結論だけ言うと、これからは一定の距離をおいて活動していきたいってことだよ！」

「え……」

「君だけじゃない。今後同じことが起こらないように、他のライバーともこれからは近しくなり過ぎないようにして活動していこうと思う。私はファンの為《ため》にも宇月聖というライバーを守りぬかないといけない。私の事情でライブオンでの立場を危うくすることはできない」

「え、ちょっとま」

「本当はこんなこと誰にも言いたくなかったんだ。こんな私でも誰かに嫌われたくはない、君には特にね。でも言わないと君を傷付けてしまう。だから勇気を出して言った。この勇気を尊重してさ、私のことは嫌いでも、これからもせめて不仲と騒がれないくらいには宇月聖と活動を共にしてくれると嬉しい」

「ぁ……そんな……」

話を締めようとする聖にあからさまに狼狽《うろた》えるシオン。自分自身との対話で己の気持ちに気づいたシオン。なのに、このまま話を終わらせるのは絶対に嫌だった。

「そ、そう！　私も聖様のこと好きだよ！」

「ん？　あはは、ありがとう。それならこれからもあからさまに避けたりはしないでくれるとすごくありがたいかな」

「いやあの、そうじゃなくてあの、さっき好きになっちゃうって言われたとき、女同士って認識した後も全然嫌じゃなかったというか、むしろ嬉しかったっていうか！」

「お、おう？　あぁ、お世辞は大丈夫だよ、そんなに気を使ってもらわなくても大丈夫」

「おおおおお世辞じゃなくてだね！　あ、あとさっきキスされたとき！　正直めっちゃドキドキした！　嫌悪《けんお》感とか一切なくて、ドキドキし過ぎて心臓止まるかと思っちゃったっていうか、唇カサカサじゃなかったよねとか心配になったっていうか、むしろ嬉しすぎてそれ以外何も考えられなくなったっていうか‼」

「し、シオン君？　君、自分が何を言っているのか分かっているのかい？　あと、感触は分からなかったから問題な――いや、なんでもない」

「分かってる！　分かってるけど言わなきゃいけないんだよ！　あ、あと顔も好き！　正直最初声かけたの顔が良かったからもある！　あとあと、いつもコラボのときとかは冷めた対応してるけど本当は聖様の下ネタ結構好き！　配信外だとよく大笑いしてる！」

「ぁ……そ、そっか、ありがとう？」

「ていうかさ！」

「っ⁉」

元は隅でしょぼくれていたシオンを聖が慰めていたはずだったが、いつの間にかシオンの謎の圧力に押された聖が反対の隅にまで追いやられ、それを絶対に逃がさんとばかりに左右両方を壁ドンするシオンという正反対のシチュエーションが出来上がっていた。

こんな絵にかいたような肉食系の行動を起こしたシオンだが、驚くことにこれは完全に思考を放棄し、ただ感情に身を任せたものであった。自分が何をしておりはたから見たら自分たちがどういう状況に見えるかすら把握できていない。目の中はずっとグルグル状態である。

全ては大好きな聖の為、どんなに恥ずかしくてもどんなにうまく喋《しゃべ》れなくても、それでもここで想《おも》いを真っすぐに言葉にしなかったらそれこそ聖を傷つけるどころか大きなトラウマまで残してしまう。そう思い、今度はシオンが覚悟を決めた。

「聖様私のこと好きなんでしょ⁉　それならなんで最初から諦めるようなこと言うの！」

「いや、好きっていうか、好きになりそうってだけで……」

「好きになりそうはもう好きなんよ！　手遅れなんよ！　好きなら私のこと落としに来いよ！」

「ええぇ!?　落としに行っていいの!?　嫌じゃないのかい!?」

「誰が嫌なんて言ったの！　むしろめっちゃ嬉しかったよ！」

「そんな……いやいやでもでも」

「でもじゃない！　なに!?　ここまで言ってもまだ引くの!?　そんなんじゃあ私のこと好きになんて全くなってないんじゃないの!?」

「なっ!?　好きだからこそこんなに悩んでるんじゃないか!!」

「じゃあ付き合う!?　私と付き合える!?」

「ああ付き合ってやるさ!!　両想いなら付き合うに決まっているだろう!!」

「じゃあ今から恋人ね!!　これから覚悟しておきなさい!!」

「良《い》い度胸だね!!　これから骨の髄まで吸い尽くすから覚悟し……て……」

「……………。」

「あああああああぁぁぁぁぁ――――!?!?」

聖も熱くなったシオンに感応され、今度こそ世論も過去も関係ない、ただただ本音のぶつけ合いが起こる。

そして気持ちを伝え合い、脳の熱も冷めてきたとき。二人は揃《そろ》って自分たちの会話を思い返し、まるで青春映画のようなそのあまりの青さに仲良く悶《もだ》え始めるのだった——


「あの、えっと、なんかごめんね？」

「なんで謝るんだいシオン君？　謝るのはどちらかと言うと私の方だろう？」

「いや、あの、あはは、私も分かんない」

羞恥の感情がある程度収まったころ。未《いま》だなんとも形容しがたい火照《ほて》りに顔を焼かれながらも、二人は肩を寄せ合って階段に腰掛け、今一度冷静になって話し合っていた。

「あのさシオン君、私たち、つ、付き合うことになったわけじゃん？」

「そっ、そうだね！」

「つまりシオン君って……女の子が好きだったのかい？」

「へ？　あ〜……どうなんだろ？　年甲斐《としがい》もない話だけど、今まで恋愛感情に疎《うと》かったからなぁ。まぁでも——」

シオンは一度言葉を区切ると、照れくささからずっと逸らし気味だった目線を聖にぴったりと合わせ、言葉を続けた。

その言葉は、シオンが聖に最も伝えたかった心情だったがどこか抽象的であり、冷静になった今になってようやく形にできたものだった。

「好きだから好きなんだよ。それ以外の理由はいらないじゃん」

聖は息を呑《の》む――

「別にこれは恋愛で好きだけの話じゃなくて、Vが好きだったり、本が好きだったり、あるいは誰にも理解されないようなものが好きだったりする人もいる。でもさ、誰に否定されても自分が好きなんだからそれが全てだよ。法律に違反してたりどこかに迷惑かけることでもないいんなら誰にも文句言われる筋合いない」

（――――――あぁ）

そして溜《た》まった息を体の力と共にゆっくりと吐きだし。

（きっと私は、その精神を君に感じたから、こんなにも惹《ひ》かれたんだね）

聖はそのまま倒れこむようにシオンを抱きしめる。

「おおおぉぉうどどどどうしたぁ!?」

「いや、やっぱり君の言う通り、私は君を『好きになりそう』じゃなくて『好き』なんだなぁって。嫌かい？」

「いいいい嫌なわけないじゃん！　びっくりしただけ！」

顔を真っ赤にして荒ぶる姿を見て、聖は皆のママを名乗るものがこれでいいのかと笑い、そしてこれが収益化が剝がれてから初めて自然に笑うことができた自分だったことに驚いた。

（どうやら自分で思っている以上に、今回の件で思い詰めていたようだ。最近の配信は自分でもあまり納得がいかない出来だったし、これからは挽回《ばんかい》してみせないと）

「あ」

しかし、これからというワードが聖の頭に浮かんだ時、皮肉なことにもこれがまた新しい問題の種となることに気が付いてしまった。

「ん？　どうしたの？」

「いや、これからの配信どうしようって思って。私たちの関係って公開するのかい？」

「そりゃするでしょ。あっ、もしかして批判とか気にしてるの？　私たちなんて既にライブオン内のカップリングの定番じゃん」

「それはそうだけど、ほら、私は宇月聖というキャラクターだからさ。ここで全て公にしたら、宇月聖というキャラクター像にブレが生じそうで」

「それは違うよ」

　聖が再び自分の決断はこれで良かったのかと疑問に思い始めそうになった時。迫りくる黒い影をシオンはまたもや否定で振り払ってしまった。

「あなたは宇月聖という『キャラクター』と同時に、宇月聖という『人間』でもあるでしょ？　私たちは電子の体を持ちながらも『生きている』の。そしてそれがVTuberのVTuberにしかない魅力の一つなんだよ。時間と共に変化して、成長して、時にはミスもして。でもそこに命を感じるからリスナーさんの皆は応援してくれるの。だからさ！」

　シオンは勢いよく立ち上がる。

「宇月聖を演じるんじゃなくて、宇月聖を生きよう！」

　そして聖に向かい手を差し伸べる。

「そもそもさ！　私はライブオンに安定も堅実も捨てて、ただ私の道を歩きたいから入った！　だからさ、付いてきてよ！」

「――――」

　卑怯《ひきょう》だと聖は思った。そんな顔でそんなこと言われたら断れるわけがない。

　いや、もう断る理由もない。聖の中でバラバラになっていた心という名のパズルは、シオンが完璧に揃えきった。

　迷いもない、恐怖もない、後はただ踏み出すだけ。

「──ああ！　私も君と、そしてみんなと生きたい！」

今まで一見繋《つな》がっているようで今にも解けてしまいそうなほど歪《いびつ》な形をしていた二人の手は、今度こそ固く、硬く、堅く結ばれた──

えーこちら淡雪、こちら淡雪、ただいま絶賛殺意に震えている状況であります。

いやね、シオン先輩と聖様が部屋から出て行ったあと、これ以上はお邪魔になると思って私とネコマ先輩は帰ったわけですよ。

その後私はなんだかんだドキドキで、どうなるかな？　聖様まさかないだろうけどあんな状況でも下ネタ連発して股間蹴られて死んでないかな？とか私なりに心配していたわけですよ。

そしたらね？　その日の夜になんか二人で配信するとかかたったーで言い出してね？

慌てて枠に飛びついたらね？　収益化について戻りそうなことの報告と、なにがあったのかを聖様の内心も含めて全て説明した後にね？　次の瞬間いきなり二人でのろけまくりのイチャイチャしだしたんですがこれどういうことですか？　え、なにカップル成立してるんですかどういうことですかですかですですか？

え、これまじで？　なんで聖様シオン先輩のこと落としちゃってんの？　え、まさかの事態過ぎて頭の理解が追い付かないんですがデスがDEATHが？

『えー、そんなわけでね諸君。聖様の中身を知って情けないやつって思ったり、想像と違ったって人もいるかもしれない。でもね、これが私だから。下ネタと女の子が大好きな私だけじゃない、こういう私もいるって思うとなんかエモくないかい？　なぁ『シオン』？』

『えへへ、やっぱ人間らしさは大切だよね！　私も『聖』が我が子兼恋人になったけど、これからはもっとライブオンを盛り上げていくために頑張っちゃうよ！』

『あはははははははは‼‼』

「「「UZEEEEEEEEEE!!!!」」」

通話を繋いでいた晴《はれる》先輩とネコマ先輩と共に思わず叫び声をあげ、同じくコメント欄も温かな罵声に染まる。

――そしてそれを見る聖様とシオン先輩の笑顔は、ライブオンが所属するライバーを表すときに使う『輝く少女』そのものだった。

エピローグ

「あっ、もしもしー」

「おっ！　淡雪《あわゆき》ちゃん来た！」

「よーあわちゃん。待ってたよー」

ある日の配信外の時間、光《ひかり》ちゃんとましろんが既に参加していた通話のグループに入る。

まだ予定していた集合時間より前だが、二人とも暇だったらしく早めに集まって雑談をして時間を潰していたらしい。三期生間ではよくあることだ。

「あとはちゃみちゃんだけですかね？」

「そうだね。遅れる連絡とかはなかったからもうすぐ来ると思うけど」

「も、もしもしー？」

「おっ！　ちゃみちゃんも来た！　まるで狙ったかのようなタイミングで最後のピースの登場だ！　かっこいいぜ！」

光ちゃんの言う通り、まるで私たちが噂《うわさ》していたのが聞こえていたのではないかと思ってしまうほど完璧なちゃみちゃんの合流だった。

「うふふっ、実は光ちゃんとましろちゃんが通話を始めた直後から気が付いてはいたのよ」

「あれ、そうなんですか？　じゃあ合流すればよかったのでは？　忙しかったんですかね？」

「いや、私が入ることで二人の会話を中断してしまったら申し訳ないと思って入れなかったの。淡雪ちゃんが入ってくれたから今だ！と思って急いで私も入ったのよ」

「本当にタイミング狙ってたんかい！　もう、ちゃみちゃんはいつまで経《た》っても怖がりなんですから。私たち同期ですよ？　もうどれだけ付き合い長いと思っているんですか！」

私がそういうと、ちゃみちゃんも含めた皆から一斉に笑い声が起きた。

これは勿論《もちろん》ちゃみちゃんの行動の面白さもあるのだが、実はもう一つ要因がある。

ツッコミを入れた私自身もそれに気づき、笑いの輪へと吸い込まれる。

「ふふっ、『付き合い長い』か。流石《さすが》あわちゃん、この場に最もふさわしいツッコミだね」

「淡雪ちゃん、ツッコミの腕が上がってないかしら？　思わずツッコまれた私も笑ってしまったわ」

「いや、無意識ですよ無意識！　あーでも、無意識にこのツッコミが出るってことは尚更《なおさら》この場にふさわしい完璧なツッコミだったのかもしれませんね……」

「あはは！　淡雪ちゃんがムードを作ってくれたことだし！　そろそろ始めよっか」

そう言った光ちゃんは皆が同意したことを確認すると、一つ息を吸い、皆を代表して今回の議題を読み上げた。

「それではこれから『三期生デビュー1周年記念になにをしようか会議』を開始します‼」

あとがき

『VTuberなんだが配信《はいしん》切《き》り忘《わす》れたら伝説《でんせつ》になってた』略して『ぶいでん』の4巻を手に取ってくださりありがとうございます。作者の七斗七《ななとなな》です。

なんだか聖《せい》が主軸になったせいで過去一下ネタが多くなってしまった疑惑のあるこの4巻ですが、楽しんでいただけたでしょうか？　ちなみに、カバーは本編終了後に配信でシュワに取り調べを受けている聖となっています。

今回目立った点としてはやはり百合《ゆり》要素ですかね。今までは中心のコメディの中にスパイス程度の塩梅《あんばい》で組み込まれていた要素ですが、この4巻は結構がっつり百合百合しています。そういう意味ではシリーズの中でも異色な巻なのかもしれませんね。

他に目立った点としては二期生の活躍もありますね。4巻は聖が主軸になってはいますが、正確に言うと聖のお話というよりは二期生のお話をテーマにして書いていました。ライブオン黎明《れいめい》期を生きた彼女たちを、これからもぜひ応援してあげてください。

また、実はこの4巻、web掲載のものに比べて加筆修正の他に、主に終盤にそこそこ大きな内容の変更が入っています。書籍版の方が読みやすい話になっており私は好みなのですが、まぁどちらもぶいでんということで。

更に言うと、テンポの都合で収益化が復活するまでの件を晴の万能性に任せた部分があるので、そこの解決を主軸にした第三のお話とか書いてみたくなりますね。

さて、続刊となる5巻は三期生のお話になります。エピローグにもあった通り1周年が近づいた彼女たち。相変わらずのハチャメチャなお話で皆様に笑顔を届けることができたらと思います。

最後に、この4巻を彩《いろど》ってくださった関係者各位、そして応援してくださる読者様に心から感謝し、あとがきを締めにしたいと思います。

4巻もありがとうございました！　5巻でまたお会いしましょう。

あっ、カステラのS◯GAの話はほぼ実話です。

富士見ファンタジア文庫

V Tuber《ブイチューバー》なんだが配信《はいしん》切《き》り忘《わす》れたら
伝説《でんせつ》になってた4

令和4年5月20日　初版発行
令和4年12月25日　4版発行

著者――七斗《ななと》 七《なな》

発行者――山下直久
発　行――株式会社KADOKAWA
〒102-8177
東京都千代田区富士見2-13-3
0570-002-301（ナビダイヤル）
印刷所――株式会社KADOKAWA
製本所――株式会社KADOKAWA

ISBN978-4-04-074402-5 C0193　◆◇◇

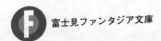

騙しあい。

各国がスパイによる戦争を繰り広げる世界。任務成功率100%、しかし性格に難ありの凄腕スパイ・クラウスは、死亡率九割を超える任務に、何故か未熟な７人の少女たちを招集するのだが――。

シリーズ
好評発売中！

ファンタジア文庫